王子様なんていりません！
訳あって、至急婚活することになりました。

村田 天

富士見L文庫

Contents

I don't need a Prince Charming!
For some reason, I have to search
for a husband real quick.

プロローグ

「わたしと結婚してください」


その晩わたしは、女癖が悪いという噂《うわさ》の、チャラ男先輩に結婚を申し込んでいた。

なお、この先輩と話したことは、ほぼない。

＊　＊

いつの間にか蝉《せみ》の声は聞こえなくなったけれど、まだ蒸し暑い九月中旬。

日本橋《にほんばし》のオフィスビルが立ち並ぶ一角にある会社で、わたしは仕事をしていた。

時刻は午後七時をまわっていて、昼間社内に満ちていた喧騒《けんそう》は鳴りを潜めていた。

少数の残っている人の打鍵《だけん》音だけが響く、どこかしんとした終業時間を過ぎたフロア。

「あー！　落ちた！　データ半分飛んだ！　やだ、最悪ー！」

女子社員の悲愴《ひそう》な悲鳴が耳に入ってくる。

「このあと久しぶりに彼とデートだったのにぃ……」

さめざめと嘆く声に「ロボット先輩にお願いしてみたら？」とひそひそ声の別の女子社員。それは少し離れた席でもくもくとキーボードを叩《たた》くわたしの耳にもしっかりと聞こえていた。

ロボット先輩とはまぎれもなく自分のことだ。

わたしには小鳩亜子《こばとあこ》という名前があるが、社内ではさほど使われない。愛想もなく表情も薄く、付き合いも悪いわたしは部署内の一部先輩にはロボ子、ロボちゃんなどとあだ名をつけられていた。

それからその女子社員が頼みにきた。全部聞こえていたが「いいですよ」と答える。

わたしはこういうのは断らない。その代わり、飲み会やランチの誘いなどは全て「行きません」の一言ですませている。

仕事には難易度は低いが時間だけはしっかりかかるものがいくつか存在する。そういうのはよくまわってくるが、自分の性質にはさほど苦ではない。単純な作業をいかに効率よくやるか追求するのは好きだ。また、もくもくとキーボードを打った。

気がつくと誰もいなくなっていた。モニタ右下の時刻表示を見る。だいぶ遅くなった。

パソコンを終了させ鞄《かばん》を見ると、スマホに着信が入っていた。

すぐに折り返すと呼び出しの連絡だった。

「承知いたしました。すぐまいります」

通話を切り、自社ビルの最上階に移動するためエレベーターへ乗り込んだ。

静かな振動を感じながら階数表示が上がっていくのをじっと見ていると扉が開いた。

通路の奥の大きな扉をノックして入室する。その部屋は広さのわりにはさほどものが置かれていない。

大きく空間を取られたガラス窓から夜の風景が一望できた。その窓を背に、上品な老紳士が革張りの豪奢《ごうしゃ》な椅子に座っている。

「お祖父《じい》様、御用でしょうか」

彼はこの総合商社の会長の橘《たちばな》善次郎《ぜんじろう》だ。

一介の社員でしかないわたしが呼び出された理由はわたしが彼の孫娘だからだ。

身内とはいえ、普段は隠しているのでほとんど関わりなく仕事をしている。久しぶりに顔を見て、口元がわずかにほころぶのを感じる。

部屋は秘書の姿もなく、静かだった。祖父がゆっくりと口を開く。

「亜子、変わりはないか？」

「いつも通りです」

「恋人ができたりは？」

「ございません」

「そうか……相変わらずか」

「お祖父様は、お変わりありませんか？」

小さなため息を吐かれて、そのとき違和感を覚える。今日の祖父にはいつもわたしと相対するときにたたえている穏やかな笑みがなく、表情もどこか暗かった。

祖父は神妙な顔で重々しく口を開く。

「実は先日の検査で病気が見つかった」

祖父の年齢は七十九歳。不調が出てもおかしくはないが、実年齢より若く矍鑠《かくしゃく》としている普段の姿からは想像してなかったことだった。祖父はそのまま、たんたんと病名と、それが手術不可能であること、残りの時間があと一年ほどであることを告げた。

衝撃を受けすぎて言葉を失ってしまう。

祖父はわたしがこの世で一番親しい相手だ。兄弟の中で一番目立たず地味だったわたしを彼はずっと可愛《かわい》がってくれた。だからほかの兄弟はそれぞれ華やかな道に進んだけれど、わたしはほんの少しでも祖父の会社の力になりたいと、ここを選んだ。

祖父は思いのほか落ち着いた口調で続ける。

「私もまぁいい歳《とし》だ。思いつくことはやってきた人生だと思っている」

「……はい」

「ただ、心残りというか、心配がひとつあってな……」

「なんでしょう？」

わたしは、病気だと聞かされただけで目が潤みそうになるくらいには昔からお祖父ちゃん子だった。祖父の心配はなるべく消してあげたい。

「お前のことが心配だ」

「え……わたしですか？」

「そうだ。残していくので心配なのはお前のことだけだ。どうか私を安心させると思って、生きているうちに社員の中から自分で結婚相手を見つけてきてくれないか」

「え……えぇ……」

心の底から情けない悲鳴がもれた。

祖父は困った顔のわたしをじっと見て言葉を続ける。

「私にはお前が望んで孤独に生きてるように見える。できるならどうか生涯を共にできるいい相手と巡り会うのを見届けたいんだ」

「で、ですが……わたしは」

「お前は母譲りの器量よしだからいくらでも可能性はあるのに、そのためのやる気がなさすぎる」

どうやら祖父は、恋人を作るわけでもなく、休日に友人と遊ぶでもなく、人と関わらずたんたんと日々を過ごす孫娘のことを以前から心配していたらしい。両親はわたしの大学時代からずっと海外にいて、結果お目付役のようになってしまっていたのもある。

確かにわたしは人付き合いが苦手、人混みは苦痛、イベントごとは嫌い、おまけに連絡不精という性格に起因して、職場以外であまり人が周りにいない。実家にたくさんいたようなお手伝いさんもひとりもつけず、ひとりだけでごく質素に暮らしている。

それでも、べつに寂しく生きているつもりはなかった。

友達もほぼいないし恋人なんてできる気配はついぞないが、そのことでまったく困ってはいない。ひとりでいるのは気楽で大好きだ。寂しくもない。好き勝手に好きな場所に行き、好きなものを食べる。好きなガムラン音楽を聴き、好きなSF小説を読み、ゾンビ映画を観《み》る生活を最高に気に入っていた。これは自分に合った生活スタイルで、わたしは単に生粋の〝おひとりさま体質〟だっただけなのだ。そのことをなんとか納得してもらえるよう、口を開こうとしたときだった。

祖父が突如咳《せ》き込んだ。

それだけで頭が真っ白になってしまい勢いよく駆け寄った。

「お祖父様、わたし結婚します！　絶対一年以内に結婚しますから！　死なないでください！」

祖父はしばらく咳き込んでいたが口を拭《ぬぐ》い微笑《ほほえ》んで言う。

「ふふ……それなら、あと十年は生きないとな……」

「はい、もっと生きてください！　がんばりますから！」

それから祖父は、おもむろに手に持った湯飲みを見せてきた。

「今のは……ぜんざいのアズキが喉《のど》につまっただけだ……」

「その湯飲み……ぜんざい入ってたんですか……」

激甘党だとは思っていたけど……なんてものを入れているんだ。呆《あき》れる。

恨めしい目で睨《ね》めつける。

祖父はしれっとした顔でまたぜんざいをぞぞっと飲んで「ガッハッハ」と笑った。

「亜子、ありがとう。私は曾孫《ひまご》も楽しみにしてるぞ……！」

まんまと嵌《は》められたような感覚があったがもう遅い。

会長室を出たときには夜も深まっていた。

第一話　至急婚活することになりました。

わたしはこれから社内の人との結婚を決めて祖父に会わせなければならない。

今は九月中旬なので、次の夏あたりがリミットと考えていいだろう。

その約束をした。うっかりしてしまった。

そして困っていた。

女性の権利や新しい価値観が叫ばれる昨今、結婚が女の幸せと言い切るのはいかがなものかという風潮もある。世間の風はわたしの味方で、そんな追い風を感じてわたしはそのままおひとりさま人生を華麗に突き進むつもりでいた。

正直、祖父の価値観は古いと感じる。

しかしながらわたしの生き方は祖父からしたらとんでもないことなのかもしれない。

価値観の相違については以前から少し話していたことはあって、深いジェネレーションギャップを言葉で埋めることは容易ではないだろうと感じていた。説得は難しいだろう。

ただ、病気の状態で一番の心残りと言われては、無視はできないし、できることなら、不安を解消してあげたい気持ちはあった。なんらかの方法で安心はさせてあげたい。

最初に、祖父のオーダー通りにできるのかを真剣に検討してみた。

今から一年以内に、社内の人との結婚を決める。

三秒で、無理だなと思った。

わたしは幼いころから恋愛に興味がなく、急な恋に落ちることも落とされることもなくずっとのほほんと生きてきたので恋愛経験がまるでなかった。二十五年もの間、完全に自分と無関係な場所に置いて過ごしてきていたのに、しようと思って急にできるものでもないだろう。

しかし、いや待てよ、と思う。

祖父は恋愛をしろと言ったわけではない。必要なのは結婚相手だ。

あの年代の価値観だと生活や、何かあったときに支え合える相手と結婚をするのが恐らく重要事項。それなら割り切って『結婚相手』を探せばいいのではないだろうか。

必要なのは結果だ。細かいことにこだわると絶対に本懐を遂げられない。なんでもいいので探してみるのが大事かもしれない。祖父の言う通り、やる気がなかったのは確かだ。見つけようと思ったことすらなかった。愛する祖父のために、人生で一度くらいは挑戦してみてもいいかもしれない。

思考がひとつ前進して、また考えた。

さて、どうしたら社内の人と結婚できるんだろう。

あれ？

自分で自分にビックリした。どうしたらいいのか、まったくわからない。いくら考えても頭の中に巨大なハテナマークしか浮かばない。

わたしは入社して三年、社内の飲みの席も公式なもの以外はできる限り欠席し、人目を避け、ひっそりと真面目に過ごしてきた。総務という部署ゆえか単に噂《うわさ》好きの女子が多いのか、社内の人間の噂や情報は男女問わず入ってくることが多い。しかし直接話すことはほぼなく、男性社員との気安い繋《つな》がりは皆無だった。

誰を選べばいいのかもさっぱりだし、きっかけはどうやって作ればいいのだろう。偶然の何かを待っている時間はない。いっそお見合いとか用意してくれればよかったのに。中途半端に意思を尊重されたがゆえに余計に難しくなった。

わたしの頭は具体的に考えようとすると真っ白になるエラーを繰り返し起こしていた。

何もせずとも、日々はたんたんと進んでいく。

あっという間に一ヶ月経《た》ち、気づけば十月半ばになっていた。

相変わらず結婚相手の探し方さえもわからない。誰と話すことも知り合うこともない。時間だけが過ぎて、どんどん思考が追い詰められていく。

「ロボちゃん、これ、頼めるー？　私、今日彼に会えないとさすがに振られちゃうかも」

「ヤッテオキマス」

「あ、そうだ。週末の飲みは来る？」

「イキマセン」

相変わらずまわってくるやたらと時間のかかる単純作業をロボットよろしくカタカタとこなしながら、じわじわと脳が汗をかくような感覚に侵食されていく。わたしのポンコツロボット脳が、慣れないことを考え過ぎてオーバーヒート寸前になっている。

なんとなくわかる。このままだとわたしは、何日経とうが結婚相手を見つけることはできないだろう。そして、わたしは祖父に頼まれて「やる」と宣言したのに、何ひとつ、何もしなかった、しようともしなかったと、あとで深い後悔をすることになる。

もう誰でもいいから、なんとか結婚相手を見つけなくてはならない。そのために何かをしなければならない。誰でもいいから結婚しなくてはいけない。なんとかせねばならない。なんとかせねば。気がつくと具体性のまるでない「なんとかせねば」という単語のことしか考えていなかった。

わたしの頭の中の『ナントカセネバ』が呪いの呪文《じゅもん》となり、すっかり強迫観念に取り憑《つ》かれたころ、わたしはとにかく動こうと思った。

これ以上の思考は時間の無駄だ。

帰るのは大抵いつも最後だ。荷物を持って立ち上がりトイレにいって、ハチマキを締め直すかのように、いつもしているおだんご頭をシュッと直す。

鏡にはこれといった特徴も癖もない顔の女が映っていた。

美人系とよい方向に評されることもあるが、どこか無機質で機械的と言われることもある。それでも今は切羽詰まったゆえの鬼気迫る焦りがどことなくにじんでいた。

エレベーターに乗り込み、最高潮に追い詰められたわたしは決めた。

もう、このエレベーターを出て最初に会った独身の男性に結婚を申し込む。

相手を選べる立場でもなく、また選びたい好みもない。もはや結婚してくれれば誰でもいいという状態だ。正攻法の方法論を持ちあわせてないのだから、率直に誰かに頼むしかない。大丈夫。下手な鉄砲も数撃ちゃあたるというありがたい格言もある。

会社の人間なんてたとえ見て少し知っていたとしても全員は面識がない。独身かどうかが不明な場合は左手薬指を見て判断することにした。既婚なら撤回すればいい。

あとから思えば思考放棄としかいいようのない発想であったが、そのときのわたしは追い詰められていた。

エレベーターの階数表示が降下していく。

わたしの心拍はそれとは反対に、どくん、どくんと上昇していくのを感じる。

やがて、一階にたどり着き、扉がすっと開いた。

外部の人間はもう来ない遅い時間。ビルの受付の人も帰っていて、ロビーは閑散としている。

でも、すぐそこに人はいた。

エレベーターとエレベーターの間の壁にもたれてスマホを操作していたその人は、扉が開いたのに気づき、なんとなくこちらを向いた。

「あれ……総務のロボットちゃん。まだやってたの？　お疲れ」

帰り際なんだろう、鞄《かばん》を床に置いて人懐っこい笑みを浮かべていたのは一応知っている人だった。

木質製品事業部の城守蓮司《きもりれんじ》だ。

広い社内でわたしがたまたまその人の顔と名前を知っていたのは、なんのことはない、相手が有名だったからだ。

城守さんは女癖の悪いチャラ男だ。クズで名高かった。

高身長に整った甘いマスクは目立つし、社交的な性格で不純な恋愛をする名人となれば噂されることも多く、なんとなく目や耳に入ってくる。わたしの入社前のことなので人から漏れ聞いただけだけれど、彼は入社当初は女癖が悪すぎて上から指導が入ったこともあるらしい。それからは社内では大人しくなったという。たぶん社外で弾《はじ》けているんだろう。

「……どうかした？」

足を止めて注視しているわたしに、城守さんが鳶色《とびいろ》の大きな目を瞬《しばたた》かせ不思議そうな顔をした。

城守さんはチャラ男なので誰にでも挨拶《あいさつ》と軽口をたたくだけで、わたしはもちろん今今まできちんと話したことはなかった。彼のことはよく知らない。ただ、若干軽薄な恋愛観の持ち主だろうということを知っている。なんでも彼の最高股がけ人数は百九、煩悩の数を超えるとか聞いた。

これは、頼むべき相手だろうか。

しかし、ここ数日考えすぎてぼんやりしていた頭が思考を拒絶した。

これは、紛れもなくエレベーターを降りた先にいた独身だ。とりあえず、ダメ元で頼んでみよう。

こちらを窺《うかが》うようにしていた彼に一歩近づいた。

城守さんは気迫に押されたような顔はしたが、特に後ずさるわけでもなく、わたしと正面から対峙《たいじ》した。

何を言おうか考える。

疲れ果てたわたしのロボ脳が「結論カラ行ケ」と信号を発したのでそれに従った。

「あの」

「うん？　はい」

尋常でないわたしの様子に城守さんが姿勢を正す。

「わたしと結婚してください」

真顔で言うと、城守さんはぎょっとした顔をしたけれど、それからまた笑みを浮かべ、固まった。

その顔をじっと覗《のぞ》き込み、真剣に睨《にら》みつける。

「あー……えっと、聞き違いかと思ったけど、今なんて？」

「わたしと、結婚を、してくださいませんか」

聞こえにくいとよくないと思い、ハキハキと一語一語くぎり、明瞭《めいりょう》な発音で言い直した。

指差しゼスチャーもつけたし、なんならボリュームも若干上げた。

城守さんはまた目を見開いて白目がちになり、上げた手のひらを目元に被《かぶ》せた。

それから気を取り直したようにまたこちらに笑顔を向けた。

「えっとねー、付き合うならいいんだけど、俺、結婚には興味がないんだよね」

軽い返事にどことなくホッとしながら「承知しました。では結構です」と言った。

しかし、一秒後にはまた焦りが湧いてきた。

これでは何も変わっていない。なんとかせねばならないのに。なんとかせねば。ナントカセネバ。ひとり断られたことで焦りは巨大化して倍に膨れ上がった。

そのとき、エレベーターが一階に到着した。

すっと扉が開き、現れたのは我が部署の小太り禿《は》げの部長だった。

この人は一年中扇子をアイテムにいつも汗をかいている。仕事はすぐサボるので姿を見ないことのほうが多い。小言と軽いセクハラ発言を小脇に装備した意地悪な五十代。

わたしは思った。

この人も独身……。

落ち着けわたし。思考を落ち着かせて考えろ。

考えようとするが頭が朦朧《もうろう》としてきてまったく働かない。フラフラと部長に近寄った。

「オヤオヤこんな時間に男女で……けしからんですなぁ」

何か時代錯誤なセクハラ小言に近いものを言おうとしていたのであろう部長の正面に立ち塞《ふさ》がる。

「部長」

「ム……？　なんだ？」

異常な緊張感を滲《にじ》ませたわたしに、部長もいやらしい笑みを引っ込め、怪訝《けげん》そうな顔になった。

「部長は独身でいらっしゃいますよね」

わたしはなんとかしなくてはいけないのだ。もうこの調子でどんどん頼むしかない。

勢いで行け！　結婚を！　してもらうんだ！

「わたしと……けっムグッ」

結婚を申し込もうとしたところで背後から口を塞がれる。そのまま引きずられるようにして、エントランスの外へズルズルと連行された。

会社の外はひんやりした夜の風が吹いていた。

「お前……今何しようとしてた？」

大きな手のひらでわたしの口を塞いでいる城守さんに恨みがましい目を向けると、口元が解放された。

「結婚を、申し込もうとしました」

「やっぱそうだったのかよ！　引くわ！」

「わたし、諸事情あって、急ぎで結婚相手を探しているんです」

「あ、そうなんだー……いや少しは選べよ！」

「何が悪いんですか。邪魔しないでください」

城守さんは「ほとんど関わりもないし、俺のこと好きなわけでもなさそうなのにおかしいとは思ったんだよなー。でもあのセクハラ親父《おやじ》と同列候補って……」とブツブツ言っている。

城守さんはわたしをまじまじ見たあと、ため息交じりに言う。

「総務のちょっとだけ有名なロボットちゃん……ロボットはねえだろと思ってたけど……その感性のズレかた、領《うなず》けるわ」

「そうでしょうか」

「ねえ、ロボ子ちゃん、なんでそんな急いでんの？　教えてよ。俺でよければ話聞くよ」

どうも好奇心を刺激してしまったらしい。

「話を聞いてもらう必要はありません」

「決まり。飯まだ？」

「はい」

「じゃあ食いながら聞くよ」

「えぇ」

城守さんはさっさと先に歩き出す。

部署は違えど先輩なのでそこまで粗雑に無視もできない。今日はもう失敗とはいえ挨拶くらいはして帰らねばならないだろう。

「城守さん」

少し前を早足で歩く城守さんを追いかけて声をかける。

「城守さん！」

五十メートルほどいった通りで立ち止まった城守さんは「ここ、美味《うま》いよ」と言って眼前の店の扉を開けて、入っていった。

ぼうぜんとして見ていると、中に入った城守さんが出てきて腕を引かれて入店した。

その店はアンティークな内装の洋食屋さんだった。

少し奥まった路地にあるのと、こぢんまりしていたため、会社の目と鼻の先にあるのに知らなかった。

慣れないことをしたあとで喉がカラカラだったけれど、テーブルに出されたお水を飲んだら少し落ち着いてきていた。目の前で城守さんがどこか面白がるような顔でこちらを見ている。

「ごめん、正式名称聞いてもいい？　ロボの印象が強くて」

「小鳩亜子《こばとあこ》と申します。二十五歳です」

「うん。俺は城守蓮司。二十八歳」

「はい。存じております」

城守さんは「あ、そういえばさっき名前呼んでたね」と言って、へらりと笑った。

城守さんは本題にはすぐに入らず、メニューを見せてきた。メニューにはおいしそうな料理の名前がずらりと並んでいて、「ハンバーグがお薦めだよ」とのんきな声で教えられた。

「では、それにします」と言ってから考える。

この人に正直に事情を言う必要はあるだろうか。

個人的なことなので、なるべく人には話したくない。でも、ひとりで行き詰まっていたのはまぎれもない事実だ。それに、すでに事情の片鱗《へんりん》はもらしてしまっている。

城守さんは女癖は悪いらしいがそこを除けば仕事もできるし、意外と世話焼きで誰とでも仲よくなってしまうタイプだと聞いた。顔が広く、気になる女子社員がいると彼に相談する男性も多いらしいとか。

女癖が悪いというのはよくも悪くも恋愛経験は豊富だろうし、意外と相談相手にはうってつけかもしれない。わたしは彼に事情を話すことにした。

「……と、いうわけなんです」

あらましを話すにあたって、会社の会長の孫娘だということを打ち明けねばならず、そこにまずびっくりされた。

「他言無用でお願いします」

「……なんで隠してるの？」

「言えば周りからコネ入社だの七光だの言われて対応が変わります。悪目立ちも腫《は》れ物扱いもされたくありません」

実際、コネ入社でないかと言われると、コネ入社だった。入社面接は黙ってほかの人と同じように受けたのだけど、あとからニコニコした祖父に「一声かけておいたよ」なんて言われたのだ。

それでもバリバリの実力派なら言われないかもしれないけれど、ヘロヘロのポンコツ派のわたしだと絶対にネガティブなほうにしか働かない。わたしのあだ名であるロボは正確無比な冷静さだとか知的さを指しているものではなく、頭に『ポンコツ』の四文字がしっかりと付くものだった。

わたしは入社したてのころは、任された書類作成はハイスピードでノーミスで仕上げ、備品管理で資材室に行けばひとつとして数を間違えずすごい早さで戻り、感心されていた。

しかし、簡単な備品関係の対応で他部署に行かせたら、話を勘違いして食い違ったまま帰ってくるようなポンコツだったので、すぐに期待は地にまで落ちた。

わたしはコミュニケーションが絡むと途端に性能が落ちる。相手がイライラしているところに、会話が苦手なわたしが行き、まったく話を把握できず誤解して、大変な誤発注をする大惨事一歩手前までいったこともある。

ロボット呼びの直接的な由来としては、ある日わたしが書類を無言のままハイスピードで作成したはいいが、そもそもが指示を勘違いしていて、その書類はまったく必要のない、加えて誰も作成したことのない謎の創作書類だったことがあった。

そのときに先輩のひとりが「無表情ですごい速さで仕上げてきてこれ！」と爆笑して、正確さと愚かさの両方からポンコツロボットちゃんと命名された。

付き合いが悪く明らかに馴染《なじ》めていなかったわたしはそのときからなんとなくそのままのキャラクターを受け入れてもらえるようになったので、先輩なりの優しさだったのかもしれない。

なんにせよわたしの仕事にはコミュニケーション能力が不可欠だ。それを欠いたまま、心のない作業だけ的確にするアンバランスな汎用《はんよう》性のなさは、ポンコツなロボットでしかない。実際祖父の一声がなければ面接だって受かってはいなかっただろう。

「言ったほうが色々おいしいと思うけどなぁ」

城守さんは釈然としない顔をしつつも、「まぁ、小鳩さんはそういう性格なんだな」と一応の納得を見せた。

注文したハンバーグが来た。

夕食時も少し過ぎていて、空腹は極まっている。

ココットに入ったトマトソースをかけたそれを口に入れる。脳がじーんと痺《しび》れる感じにおいしかったので、しばらく黙って咀嚼《そしゃく》した。

素朴な味のコンソメスープもお腹《なか》がじんわりあったまる。

おいしいごはんで空腹が埋まると少し気持ちが緩んだ。

「小鳩さん食べ方すごく綺麗《きれい》だね。ていうか、めちゃくちゃ規則正しくて機械的……」

こちらを見て吹き出しそうな顔をしていた城守さんに視線を向ける。

「あの、わたしといたしましては結婚できれば相手は問いませんので……城守さん、結婚相手の見つけかたをご指南いただけませんか」

恋愛相手にことかかないという評判を持つ彼ならば、異性との出会い方や親密になる方法論を知っているかもしれない。そう思って聞いたが、城守さんは少しびっくりしたような顔をした。

「俺に聞かれても……もうちょっとマトモに考えたほうがいいとは思うけど……」

「わかりました。では、やはり自分でがんばります」

「がんばるって？」

「……案はないのでまた明日《あした》、どなたかに結婚していただけないか頼んでみます」

「いやだから、自分にとって良《い》い相手をちゃんと考えろよ！　普通に考えて来たやつに場当たりで聞いていいもんじゃないだろ！」

「あ、焦ってるんです……」

「お前本当に人間か？　ロボットって言われてるのがすごくよくわかる……」

「そうですか？」

「たとえばお茶を淹《い》れるロボットだとしたら、特殊な茶葉を入手して、その茶葉の旨《うま》みが最高に出る方法を計算して淹れるんだけど、その温度が百七十度で人間には飲めないとかそういうのそのまま出してくるタイプのロボな……」

「……そうですか」

「車運転させると最短ルートを計算しましたとか言って火山を通過しようとするタイプのロボ……」

残念なことにだいたい合っている。

「本当にロボットならば結婚しろとか言われなかったのに、残念です」

「残念がるとこ、そこじゃないだろ。まずその思考を人間のものにしろ」

「でしたら人間の城守さんはこういうときどうしたらいいと思いますか」

「そうだな……まず〝誰でもいい〟はなしで、少しは真面目に考えて候補を出せ。そうしたら攻略法くらい考えてやるからさ」

自分なりに真面目に考えていたつもりなのにお説教された。しかし、言わんとしているところはわかる。わたしも焦りすぎな自覚はあった。

数秒、虚空を見つめながら候補を考える。ふっと過《よぎ》った顔があった。

フォークを静かに置いて、ぱっと顔を上げる。

「法務部の嘱託社員の石岡《いしおか》さんはいかがでしょうか。確か奥様に先立たれていて独身のはずです」

「ああ……その人知ってる」

「よく飴《あめ》をくださる、とてもいい方です」

城守さんは自分もハンバーグを一切れ口に入れて咀嚼《そしゃく》して飲み込み、水もぐいっと飲んだ。それをタァン、とテーブルに置いてから言う。

「会長も自分の子どもより歳上のやつが来たらひっくり返るわ！」

即却下された。

しかし、短い突っ込みは的確ではあった。結婚の目的は祖父を安心させることなのだから、祖父が腰を抜かして倒れたら元も子もない。

また、ハンバーグをもくもくと味わいながら考え込む。

誰でもいいと思っていたが、年齢は少し考慮したほうがよさそうだ。

「あ、ひらめきました」

総務に流れてくる噂《うわさ》を思い起こし、ある人物が脳内をよぎった。

人のひらめきをまったく信用していない顔で城守さんが「今度は誰……」と促す。

「リサイクル事業部の小田《おだ》さんです」

小田さんは三十三歳。顔は若干個性的だが、アグレッシブな野心家だ。

仕事はあまりできないらしいが上昇志向が強く、自己評価が高いので周囲から正当に評価されていないと感じていてよく愚痴っているらしい。そして女好きだが「俺はレベルの高い女しか相手にしない」と豪語しているという。

一度先輩と仕事で揉《も》めた人なので顔は知っているし、彼の話は頻繁に悪口で耳に入ってくる。

「そいつも知ってる……。で、なんで彼がいいと思ったのか聞かせて」

城守さんは表情ひとつ変えず、その声は目の前で劣等生の答案を採点する教師のようであった。

「はい。あの方は上昇志向が強いらしいので、会長の孫だと言えば結婚してくれそうなところです」

「それ以外は？」

「特にありません」

「……そんな理由で結婚しても相手がアレだと浮気されるぞ」

「わたしはかまいませんけど」

「お前はよくても、そんなのわかってて婿に選ぶわけにはいかないだろ！」

「え、わたし本人がいいなら問題はないですよね。恋愛をする必要はないので、外に彼女を作ってくれそうなのはむしろ理想的です」

城守さんはまじまじとわたしの顔を見て、はあぁと盛大なため息を吐いた。

「人の性質を見抜く力はそこそこあるのに、それを応用する判断力が決定的に欠けてんだなー」

「はぁ」

「ていうかその難易度と結果しか見ない思考回路、ちょっとサイコで怖い。恋愛音痴のレベル超えてる。ポンコツロボすぎる」

いっそ怯《おび》えた表情で城守さんは呆《あき》れ果てているようだった。

「なんか俺、会長の……ていうか、小鳩さんの祖父君《おじぎみ》が心配になる気持ちわかるわ」

突然不可解なことを言い出した城守さんの顔を見た。

「なんで見合いではなく、きちんと自分で見つけろと言ったのかもわかるような気がする……」

「なぜだと思いますか」

わたしには理解不能だった。

「相手を社内に限定したのは、仕事関連の意図がどこまであるのかは俺にはわからないけど……それより小鳩さんのその性格だと怪しげなマッチングアプリだの結婚相談所だのでものすごく適当で乱暴に相手を見つけかねないからだろうね」

「それは……そんなに危ないものなのでしょうか」

「きちんと人や業者を選べば怪しくない相手と会うこともできるよ。でも小鳩さんは適当すぎるからヤバい相手引いてもおかしくない。社内なら少なくとも素性が怪しい確率はぐっと減るだろ」

「はぁ」

「社内で女性と既婚者除く男だけってなると、意外と選択肢が狭いのがネックだけど、まぁそれでも社員数はそこそこ多いから、がんばってちゃんとしたいいの見つけなね」

「その、ちゃんとしたいい方というのは、どうやって見つければよいのでしょう」

城守さんは目を細めしばし思考してから、ぴんと人差し指を一本立てた。

「そうだな……。まず、会長の孫であることは隠して近づくこと」

「なぜですか」

わたしとしてもなるべくなら会社の人に言いたくないが、婚活に有利になるなら言ったほうがいい気がしてきていたのに。

「変なのが寄る確率が上がるから。そんなの抜いても小鳩さんとずっと一緒に暮らしたい男を探すべきでしょ」

「ああ……ほかにはありますか？　わたしが孫なのを隠して結婚してくれる方ならば誰でもいいのでしょうか」

城守さんは呆れたように目を細め、睨《にら》んできた。

「会長の立場に立ってよーく考えてみな」

「はい？」

「仕事がある程度できて、優しく誠実なのは大前提として……何よりお前が好きになれて、向こうもお前を大切にしてくれる『王子様』を探すべきだろ！」

オージサマ？

あまりに妙な単語が出てきたのでとっさに脳が漢字変換できなかった。

もしかして……王子……さま？

「なんですかそれ……しんどいです」

「こんな真っ当なこと言ってそんな反応されるほうがしんどいわ！」

「わたしは王子様なんていりません。……確認しますけど、城守さんて……女性遍歴が華やかな方ですよね」

遠まわしな表現だが、チャラ男のクズ男にあるまじきマトモな説教に驚いていた。

「俺もそんなに真面目な恋愛してるわけじゃないけど、小鳩さんのスタンスがあまりに酷《ひど》すぎて……ついマトモな正論《ツッコミ》を言ってしまった」

「わたしは贅沢《ぜいたく》を言わないだけで、酷くないです。真剣に、かつ現実的に探しています」

「言うけどさー、小鳩さんが選んだ男じゃ、会長たぶん納得しないよ」

「な、なんてこと言うんですか。自分で選べと言われたのですから誰を連れてきてもいいはずです」

「そこがまず根本的におかしい。目的をはきちがえてる」

「何がおかしいのか理解に苦しみますが、そこまでおっしゃるのなら城守さんも手伝ってくださいよ」

「……俺が？　小鳩さんの婿探しを？」

さんざん駄目出ししてたくせに、ずいぶんと意外な顔をされた。とはいえ城守さんとは今日会って初めてお互いの性格を知った程度の間柄だ。図々《ずうずう》しいかもしれない。

「……いいよ」

「えっ」

「小鳩さん色々酷すぎ……俺が選んだほうが断然会長の納得する縁談になると思う」

「よ、よろしくお願いします」

正直、ものすごくありがたかった。

わたしはゆっくりと頭を落とし、深々と平伏《ひれふ》した。

「ふん。小鳩さん派手じゃないけど顔は可愛《かわい》いし、俺にかかればそう難しくはないよ。絶対会長を納得させてやる」

意外に世話焼きな一面があるといわれている城守さんが、何か仕事《ミッション》としての闘志を燃やし始めたのを感じた。

第二話　熱血！　カレーの王子様

三日後の終業時刻。彼氏持ちの先輩に残業を頼まれていた。

「今日は予定があります」

「えっ、ロボ子が用事？　珍しい」

話しているとフロアの端に約束相手の城守《きもり》さんが現れた。

にこにこしながら手なんて振っている。

「小鳩《こばと》さん。もう出れそう？」

先輩を見ると「あ、大丈夫。行ってらっしゃい」とどこか慌てた顔で手をパタパタしながら言われたので鞄《かばん》を手に、挨拶《あいさつ》をして席を立つ。

周り全員に啞然《あぜん》とされた気配があった。

「お仕事ロボ先輩が人間の男性と約束……？」

「ロボ子、人間になんて興味なさそうにしていたのに……なにごと？　なに？　恋？」

「えぇ、ロボちゃんに恋とかないでしょ……。あ、でも恋だからこそ動きがおかしいということも……」

背後でヒソヒソ勝手なことを言っているのが聞こえる。

「しかし城守か……」

「ロボちゃんたぶん免疫がないから……」

「騙《だま》されてるんでしょうか……」

普段から業務以外の話や自分の話はいっさいしないので、気になるのかもしれない。意外な組み合わせだったのか余計な心配までされている。

エレベーターに乗ったところで城守さんが口を開く。

「なんか、小鳩さんてたまに見かけるといつも帰り遅いけど、もしかしてああやっていつも人の仕事押し付けられてるの？」

「見ていたのですか？……用事がある人のを代わっているだけです。人のといっても、誰がやってもいい業務ですし」

「たまにはちゃんと文句言ってるの？」

「文句はありません。他人が途中まで行った仕事の仕方を観察すると……たとえばエクセルの機能の使い方などは結構個人差があって参考になりますし」

わたしは対人業務はポカが多いが、地味に時間がかかる書類作成はミスなくこなすので、そちらを割り当てられることが多い。

しかし、総務としては使いづらい人材であることは確かだ。断らず人の代わりをやるのはそれに対する罪滅ぼしのような感覚もあった。

これは、ポンコツロボットなりの歪《いびつ》な社内コミュニケーション術でもあった。

ただ、それを口に出すのはなんだかみっともなくて、恥ずかしい。

そこでエレベーターが一階に着いて、城守さんもそれ以上の反論はなかったのか、黙って外に出た。

会社のエントランスを出ると風が冷たくなってきていた。

十月半ば、昼はまだ暖かい日が多いけれど、夜になると急に冷え込んでくる。

小さく「さみ」とつぶやいた城守さんがスーツのジャケットの前を軽く合わせて聞いてくる。

「小鳩さん、カレーは好き？」

「好きです。あ、でも、あまり辛いのは……」

「辛さは調整できるよ」

「それならば好きです」

「うん、じゃ、夕飯はカレーだ」

本日は会社の最寄り駅付近のカレー専門店で、わたしの王子様探しミーティングとなった。城守さんお薦めの前回のお店がおいしかったのでちょっと期待してしまう。楽しみだ。

今回は城守さんが事前にリサーチしてきたというわたしの王子様候補について聞けることになっていた。

席について注文をすると、さっそく城守さんが口を開いた。

「部署は違うんだけど、俺の同期にいいのがいるんだよ」

「独身ですか。ぜひ紹介してください」

「そのつもりだけど……あのさぁ、その、独身ならなんでもいい、みたいのやめてよ」

「事実、なんでもいいです」

「ハー……。小鳩さんて絶対恋愛経験ないよね……」

「恋愛経験はありませんが、なくても結婚は可能だと思います」

世の中の夫婦が全員恋愛結婚かというと当然のことながらそんなことはない。恋愛をする気がなくても人として相手を敬い、適切な夫婦生活を送ることはできるはずだ。

「小鳩さんはぜんっぜんわかってないな。結婚って人間関係の最終形態だよ？」

「城守さんも最終形態にいないのに、なぜご存じなのですか」

「あのさ、結婚相手の候補紹介するってんだから、まず、どんな人か聞いてよ……」

「どんな方なのですか」

そのとき頼んでいた食事が来た。

目の前に欧風カレーの皿がゴトリと置かれる。ほこほこと小さな湯気が立っていて、それに見惚《みと》れた。香辛料の匂いにも食欲を増進させられる。

カレーの色にはスタンダードな茶色のほかにも赤茶色や黄色が存在するが、わたしはとりわけ深い焦げ茶色のカレーが好きだ。コクがある感じがする。目の前のカレーはちょうどそんな色だった。

「どんなやつかひとことで言うなら」

城守さんが手元のスプーンをびしっと構えて言う。

「熱血・カレーの王子様だ！」

「カレーの……」

だいぶ適当で反応にこまる形容だった。

スプーンでカレーを掬《すく》いながら、城守さんの説明を聞いた。

「名前は三澤篤史《みさわあつし》。スポーツマンタイプのイケメン。顔もいいが、なにしろ人柄がいい。あいつは年齢にしては珍しいくらい裏表のない熱い男なんだよ。これと決めた相手はとことん大切にするタイプだ」

「それで、結婚はしていただけるのでしょうか」

ものすごく呆《あき》れた目で見られた。

「会長が求めてるのは紙切れの契約結果だけじゃないんだよ……まずは知り合え」

「でも知り合うところから開始したら……友達になる壁、恋人になる壁、結婚の壁と越えなければならない壁が多すぎます。どれも、わたしごときにできるとは思えませんし、できたとしても推定であと十年はかかります」

「まぁ、それも一理ある……だからこそ真面目な熱血カレー野郎がいいんだよ」

「そうなのですか」

「三澤はガチで誠実なやつなんだよ。付き合うところまで持っていけば結婚前提なんて当然だし、そのタイミングで会長の病気の話を聞いたなら絶対即結婚してくれる」

「……それは、すごい方ですね」

「あと、三澤の家も結構裕福そうだし、そういう意味じゃお坊ちゃんだから、あんまりガツガツしてない。そこもよさそうだと思った」

聞けば聞くほど素晴らしい条件の方だ。でも、そんな人がわたしのような結婚を闇雲に求めるポンコツロボット女……婚活ロボ子と結婚してくれるのか、不安しかない。

「それに俺のほうでも、小鳩さんが真剣に結婚相手を探してるスタンスは重くない程度に先に伝えておいた。向こうにしても真面目な子が好きだから好感こそ抱いても嫌には思ってない」

「つまり……結婚前提の交際前提で知り合えるということですか」

「可愛くて真面目ないい子がいるって、バッチリ売り込んでおいた。俺のセールストークを舐《な》めるな」

未《いま》だカレーに到達していないスプーンを小さく振りまわした城守さんが不敵に笑う。

色々根まわし済みだった。さすがすぎる。

「城守さん……城守さま……感謝いたします。ありがとうございます」

深々とお辞儀をして顔を上げるとニヤリと笑った城守さんが掛け声をかけてくる。

「よし！　結婚！　したいかー！」

「は、はい。したいです」

「よし！　結婚、するぞー！」

城守さんが「えい、えい、おー」と元気よく言って、わたしはそのテンションにだいぶ戸惑いつつも遠慮がちに片方の拳《こぶし》を合わせた。

そうしていると体育会系プロポーズと勘違いした周囲のお客さんが温かい目でぱちぱち

と拍手をくれた。

「おめでとうございます！」

城守さんが平然と陽気に「ありがとうございまーす」と返した。

また別の人に「おめでとう！」と言われる。

「小鳩さん、ほら、返して」

「えっ、あ、ありがとうございます……」

言われて返したが、絶対におかしい。小声で城守さんに聞く。

「城守さん、何か周りの方に誤解をされてませんか……」

「おめでとうは言われて縁起がいいからもらっときなよ。これはこれから結婚する小鳩さんにおめでとうの先渡しなんだって」

ケロリと返され、わたしはまた店員さんに「おめでとうございます」を言われた。

「ありがとうございます」

わたしは意外と乗せられやすいほうなのかもしれない。そうしていると不思議と幸先《さいさき》がいい気がしてきた。祖父の喜んでいる姿を思い浮かべ、案外とすぐに報告できるかもしれないと思う。この瞬間、わたしはまだだいぶ楽観的だった。

翌日、城守さんの紹介で連絡先を交換することになった。

昼休みに城守さんに呼ばれて社内の共用休憩スペースへ行くとスッキリした短髪のイケメンがそこにいた。

「三澤篤史です」

カレーということで勝手に浅黒い肌の、インド系の彫り深いマッチョを想像していたが、さっぱりした健康的な肌色の人だった。体は逞《たくま》しいが脚がスラリと長く、勝手に想像していた筋肉ダルマ感はまるでない。聞いていた通り背が高く、そこそこ長身の城守さんよりさらに大きかった。百九十はありそう。ニカッと効果音がつきそうな笑顔は白い歯がキラリと覗《のぞ》き、これでもかというさわやかさだった。

「小鳩亜子《あこ》です。よろしくお願いいたします」

「よろしく。亜子さん」

ガッチリと握手をしながら、わたしはなんとか結婚してもらえるようにがんばろうと奮起した。

終業後、今度は三澤さんがフロアに現れた。

「亜子さん、オレ今日早く帰れそうなんだけど、帰りちょっとお茶でもできる？」

そう言ってニカッと笑う三澤さんは、少しでも話す時間を取るためにわざわざ来てくれた。すごくいい人だ。右も左もわからないポンコツロボ子としては感謝しかない。

ちょうど仕事も終わったところだったので「お先に失礼します」と挨拶《あいさつ》して部屋を出ようとする。

背後で残っていた先輩と後輩数名がざわめいた。

「ロボ先輩……この間は城守さんだったのに」

「突然どうしちゃったの？」

「合コン誘ったとき、恋愛機能は搭載されてないって言ってたのに……！」

誤解だが解くのも面倒なのでそのままフロアを後にした。


会社を出て、駅の近くでお茶をした。

カレーの王子様は少し話しただけで誠実な人柄が伝わってくる、なんでも楽しもうとする明るい人だった。表情筋が誠実だし、笑い方が熱血。たぶん細胞が善人。こんないい方わたしにはもったいないんじゃないかと、申し訳ない気持ちになる人だった。

「三澤さんはお付き合いされてる彼女とか、いらっしゃらなかったんですか」

「オレね、クソ真面目すぎてすぐ振られちゃうんですよ」

三澤さんは「はは」と少し恥ずかしそうに笑う。

「今時結婚前提とか、重いんですかね」

「いえ。大変素晴らしいことと思います」

結婚に目がくらんだわたしはこの人になんとかして好かれねばと思った。

「三澤さんは、女性の好きなタイプとか……ありますか」

少しでも情報を収集したいと捻《ひね》りも何もなく質問をぶつけたわたしに、三澤さんはちょっと笑って鼻の頭を掻《か》きながら答える。

「一緒に趣味を楽しめる人ですかね」

「そうですか」

イッショニ、シュミヲタノシメルヒト。

大事な情報をインプットした。

そこから話は途切れて、少し気まずい沈黙が流れた。

わたしは頭の中でああでもないこうでもないと話題を探しては自己却下をしていた。

しばらくして三澤さんが気を遣ったようにぱっと口を開く。

「亜子さん、好きなサッカーチームとか、あります？」

「さっかー……あの……手を使わずに十一人でひとつのボールを蹴《け》り、ゴールに入れたら点が入る球技のことでしょうか」

「そ、そうです。正確には二十二人だけど、それです」

「……………え、と。足が器用な方たちですよね」

コメントに困り、まったく関係のない感想をもらしたあと、聞かれていた質問を思い出す。好きなチームを聞かれていた。

確かに、それぞれ名前があったはずだ。カタカナの、あと地名もついていたかもしれない。耳に入ったことはあるはずだが、興味がなさすぎて脳にひとつもメモリーされていなかった。好きも嫌いもわからない。

「…………え、と」

わたしのロボ脳が激しくピガガーとエラー音を立てる。

「べ、ベンキョウしテおきまス」

「い、いや無理しないで。ちょっと、その……聞いてみただけです」

「いえ……その……精進いたしますので」

三澤さんは少し困ったような笑顔で「ありがとう」と返した。

＊　　＊

一週間後、わたしは城守さんに電話越しに謝っていた。

「……え、三澤と、もう終わったの？」

「ものすごくいい方で……本当に本当に申し訳ないのですが……お断りしました……本当に……すみません」

「なんで」

「それが……体が持ちませんでした……」

「えぇっ？　まだ会って一週間で何があったんだよ？　どういうこと？」

「ゴルフです」

「はい？」

「ゴルフ」

話は数日前に巻き戻る。

わたしは自室のベッドでだらしなくゲームをしながら、お箸《はし》でポテチをつまんでいた。

至福の時間だった。

スマホのメッセージアプリが鳴って確認すると、カレーの王子様からだった。

三澤さんはマメな連絡が多かった。

出会った初日に彼がくれたメッセージは「これからよろしく！」というようなもので、彼に似合うような似合わないような可愛《かわい》いクマのスタンプ付きだった。

わたしは人とこういったメッセージのやりとりをすることがほとんどなく生きていたので、返事をするにあたり、数秒考えた。

しかし、遅くなってもいけない。すぐに自分もスタンプショップにいき、すみやかに無難で可愛い猫のキャラクターのスタンプを購入して似た感じに返事をした。ノリがわからない場合は相手と同じようにしたら問題ないだろうと踏んだのだ。

最初にメッセージをくれた日から彼はずっと、非常に細々した連絡をくれた。

わたしは交際前提の流れもわからないし、また自分からメッセージをするのも内容に悩んでしまう。だから向こうから連絡がもらえることや、前向きに交際を前提としてくれている感じを本当にありがたく思っていた。

しかし本当に他愛のないことが多かった。何を食べたとか、朝の挨拶として今起きたよとか。今帰ったよとか。用件がほぼなかった。そのことを最初はやや不思議に思ったけれど、しばらくして、なるほどこれは用事があるわけではなくコミュニケーションのための連絡なのだと気づいた。力を抜いて喜び、楽しめたらよかったのだと思う。

しかし、わたしはその全てに血走った目で、長過ぎず短過ぎずな感想の入った返事を必死に考えてしていた。こういったものに慣れてなさ過ぎたのだ。失礼があってはいけないと、必死になっていた。

他愛がない分似た内容が多いので前回使った返事とは多少バリエーションをつけねばならず、時には検索してウェブの類語辞典、連想語辞典なども活用し、それっぽいものを作成してなるべく素早く返す。しかしだんだんきちんと返すのが仕事のように感じられてきていた。

また、三澤さんは仕事終わりの時間が合わないときには遅くに電話をくれた。

わたしは睡眠時間が長いほうで、毎日二十二時には燃料切れを起こし眠ってしまう異様に規則正しい体質だった。なので、その時間には夢の中にいることが多かった。

しかし、交際前提、結婚希望の相手に眠気を悟られてはならない。瞼《まぶた》をしぱしぱさせながら頬をつねり、懸命に起きてる人間の振りをして会話をした。

会話自体は、やはりうまく広がらない、というか嚙《か》み合わないことが多かった。

正直なところわたしは今まで、自分に人と関わる気がないだけで、その気になればもう少しできると根拠なく思っていた。

しかし、やってみたら、べつにできなかった。

業務外での日常会話や雑談の類《たぐい》をサボりすぎていたツケのようなものを感じていた。

彼はわたしがスポーツに無知なのを知ってからはなるべくほかの話題にしようとしてくれていた。それでも彼は見るのもやるのも趣味がことごとくスポーツ全般なので、ちょっとしたもののたとえなどでもスッとスポーツ選手が出てきたりする。わたしはことごとく知らなかったのでそのたびに彼は申し訳なさそうにした。

なのでやはり帰宅後にネットで調べてそちらも勉強した。甲斐《かい》あってか数日でサッカーと野球のチーム名や選手にまつわる有名エピソードなどをいくつか覚えたが、もともと興味があるわけでもないので一夜漬けのテスト勉強に近かった。

そして木曜日の帰り。知り合って初めて、休日の約束をした。

「ゴルフ……ですか」

「うん。亜子さんインドアって言ってたから、さすがにサッカーとか野球は一緒にできないかなと思ったけど、テニスかゴルフなら行けるかなって。どうですかね」

「やったことないです……」

「大丈夫だよ！　オレが教えるし。やってみたら楽しいはずだよ！　こんな楽しいことを知らないなんてもったいないし、試しに一度やってみようよ！　ハマるかもよ？」

熱血カレー王子が心からそう思って言ってるのはわかった。この人には悪気のカケラもない。

そして、わたしの脳裏を過《よぎ》ったのは彼が以前に言ったことだった。

彼の好みは『一緒に趣味を楽しめる人』だ。

「行きます」

それ以外の答えはなかった。

前日の夜にメールで当日のスケジュールが届いた。

朝七時に集合。八時にはゴルフ場に着いて、そこから受付したり少し練習してみたり、といった大体の流れが書かれていたが、ちょこちょこカタカナのゴルフ用語らしきものが入っていた。

文章というのは、基本的に書き手が一般常識と認識しているものの説明はわざわざ書かない。しかし、わたしがゴルフ用語で知っていたのは『ゴルフクラブ』くらいのものだったので、知らない単語が出てくるたびに検索して調べなければその文書を正しく解読することができなかった。

また、三澤さんは紳士のスポーツであるゴルフのマナーについても簡単に書いてくれていた。走らないとか、乱れた芝生は直すだとか、ひとつひとつは簡単なものだったけれど、意外と項目が多かった。それを繰り返して読み込み、またネットでも調べてみた。

そこでわたしは服装についての注意書きに気づき驚愕《きょうがく》した。

ラフ過ぎてはならない。シャツは中に入れること。この服はNGなど細かく書いてあった。三澤さんはうっかり忘れていたようだが、服装がおかしいと入れなかったりすることもあるらしい。

先に気づいてよかった。冷や汗をかきながら勢いよくウォークインクローゼットに転がり込んだ。もともとそんなにおかしな格好で行くつもりはなかったけれど、たとえ必要なものがなくても、もう買いに行く時間はない。衣類をひっくり返して無難にふさわしい組み合わせを血眼《ちまなこ》で探した。

翌朝、完全に寝不足のわたしはしぱしぱする目を擦《こす》りながらヨロヨロと家を出た。

「おはよう、亜子さん。よく眠れた？」

迎えにきてくれた三澤さんの車に乗り込む。

朝日以上に笑顔が眩《まぶ》しくて目が痛い。

その笑顔に、「寝不足です。もうすでに燃料が切れかかっています」とはとても言えず、力なく笑った。

わたしはだいぶヨレヨレのまま、ゴルフ場に到着した。

何種類もあるゴルフクラブはわたしの思っていたよりも重く、また、ボールに当てるだけでも想像よりずっと難しかった。当てられたら気持ちがよさそうだなとは思うが、実際は空振りを連続させ、たまに当たってもポテポテとしか飛ばなかった。

三澤さんは馬鹿にすることなく、優しく根気よく教えてくれた。

だからわたしは必要以上に卑屈になってはいけない、投げ出してもいけないと、笑顔で楽しさを演じた。

善意で連れてきてもらっているのに楽しんでいないのを悟られないように。長年ろくに使われず蔵で錆《さ》びついていた『社交力』をなんとかひっぱりだしてフル回転させる。

しかし「大丈夫！　いけるいける！」「がんばれもうひと息！」「諦《あきら》めなければ道は開ける！」と善意百パーセントの熱い声援を聞くうちにわたしの意識はふつっと飛んだ。

心と体の電池残量が急激にゴリゴリ減ったため、脳がバッテリーセーブモードに入り、体と意識を繋《つな》ぐブレーカーがばちんと落ちた。

わたしは動いてはいたし、笑ってもいた。

しかしわたしの本体は、張り付けた笑顔のロボ女がゴルフクラブをブンブン振りまわしている滑稽《こっけい》な姿を空中からずっと見ていた。


次に気がついたとき、わたしはガクガク震える膝《ひざ》で自宅のマンションの扉の前にいた。もうすでに、太ももと腕と背中と、日頃使われていないすべての筋肉が大絶叫をあげていた。

部屋は出る前にひっくり返した衣類で惨状が広がっていた。

片付ける気力もなく、ベッドに倒れ込む。

無事に生きて自宅に帰ってこれた。もう残りの人生ずっとここにいたい……。

正直なところサッカーやバレーボールなどと比べたらぬるい動きのスポーツの部類だろうと舐《な》めていたところがあった。実際健康的な体力を保持している人にとってはどうなのか知らないが、学校卒業後運動なんてろくにしていなかったわたしの体はすでに起き上がれない程の筋肉痛になっていた。

そして悲鳴をあげたのは肉体だけではなかった。

いくら初心者でも、あそこまでみっともないのはわたしくらいだった。同じ場所でやっていたほかのお客さんを少し待たせたりもあって、他人《ひと》に迷惑をかけた罪悪感も手伝い精神にも多大なダメージを受けた。

わたしは少し動かすだけで痛む手足に布団の中で低くうめきながら、激しい後悔にさいなまれていた。

もともと運動は不得手だったのだ。最初から、断ればよかった。

三澤さんは大人だ。何も無理強いしようとしたわけではない。わたしが、なんとか好かれて結婚をしたいあまり、勝手にがんばろうとしたのだ。

しかし、スポーツは無理だ。

がんばってみたけどやはり無理だった。

「そうだよ、お前には無理だ」と全身がそう言っている。

「なんで、できると思ったんだ」とお説教までされている。

なおもお布団でうめいているとスマホがヒョロンと音を鳴らした。

三澤さんからだった。

彼は体力があるので、今日も、むしろ遊び足りないぐらいの感じだった。そして気まずくならないようにと、明日《あした》も会おうと誘ってくれていた。それでもわたしが運動音痴なことは悲しいまでに伝わったらしく、疲れているだろうから明日は体力を使わないものがいいねと言ってくれた。わたしもそれなら大丈夫。運動でなければ問題ないですと返事をしていた。少しでも早く、彼と打ち解けなければならない。

わたしは薄暗い部屋のお布団の中で、うつろな目でお誘いのメッセージを見た。

友人宅でホームパーティがあるので、一緒に来ないかとのことだった。

『パーティ』

その単語を見た時、血の気がひいて目の前が真っ暗になった気がした。

あの、複数人で不特定多数との会話を楽しみながら食事をしたり、大勢でゲームを嗜《たしな》んだり、笑いあったりする享楽的な集団行為。実家でやたらと開催されていたやつ。

わたしが……人生で、なるべく避けてきていたやつ……。

わたしはお布団の中でスマホを持っていないほうの手で顔を覆ってしばし震えた。

三澤さんはすごくいい人だ。

でも、彼とは生きるフィールドが違いすぎる。

城守さんはわたしのことを「恋愛経験がないからわかってない」と言ったけれどその言葉の意味がわかった気がした。

わたしには選ぶ基準もないし、強いて言うなら「わたしと結婚してくれる人」が基準だった。そんな奇特な方がいるならどんな人格破綻《はたん》者でもいいと思っていた。

それなのに人柄がいい人なんて、ありがたいばかりだし、向こうが問題ないなら絶対に結婚する。そんなふうに、祖父のこともあって覚悟を決めたつもりで謎の自信を持っていた。まさか、悪人でもないのにそばにいるのが辛《つら》いなんて考えてもみなかった。

そもそも、どんなにいい人だろうが、イケメンだろうが、人とただ一緒にいるのがきっとわたしには困難なのだ。その、自分の駄目気質を改めてビンビンに感じていた。

わたしは、なんて駄目な女なんだろう。

三澤さんは確かにカレーの王子様だった。子どもから大人まで、みんなが大好きなカレー。わたしも、辛くないカレーは大好きだ。

三澤さんは一口目は辛みがなく、油断して二口頬張ったころに辛味がくるタイプの……ほんの少しスパイシーなカレーだった。問題はわたしが、普通の人なら美味《おい》しいねと言って食べるその程度の辛味が、食べられないポンコツだったことなのだ。

わたしは静かにスマホを手に取り、三澤さんに電話をかけた。そして、布団上で見えもしないのにペコペコと頭を下げた。

短い通話のあと、今度は城守さんに謝罪と報告をするため、電話をかけた。

＊　＊

週明けの月曜日の夜、わたしは会社の三階の、椅子やソファが並んでいる社員共用の休憩スペースで城守さんと向かい合って座っていた。

彼はまったく怒ってはいなかったけれど、わたしは謝罪ロボットのようにずっと平謝りしていた。申し訳なさが体からポコポコと溢《あふ》れてきてしまい、止まらなかった。

「本当に……すみません……申し訳ないです……」

「趣味が合わなかったのは仕方ないだろ。俺もそこまで気がまわらなかった……」

「いえ、わたしはやはり根本的に恋愛に向いていないのです……」

「んなことは……」

「一般的な人間女性は、人間男性と一回デートをしただけでは肉体的にも精神的にも疲労困憊《こんぱい》しませんよね？」

だいぶゲッソリしたわたしの悲愴《ひそう》な顔を見て、何か言いかけた城守さんが口をつぐむ。

「三澤さんは本当にいい方でした。あの方は多くの女性が大喜びで交際や結婚をしたがる人です。優しくて、明るくて、真面目で。そんなありがたい機会をわたしごときが……誰でもいいとか言ってたくせに……自分のほうから断るとか、本当に何様かと……」

謝罪のお辞儀で頭をテーブルにゴンゴン打ちつけながら小声で叫ぶ。

「まぁ相性もあるって……」

「わたしと相性がいい人間なんて地球には存在しないのです」

「……宇宙にはいるの？」

「いえ……。祖父に……結婚相手は人間でなくてもいいか聞いてみます……」

「……何と結婚するの」

「カ……カエルとか……」

「……爬虫類《はちゅうるい》いけんの？　すごいね……俺は無理」

「いえ、生物相手など、おこがましいです。消しゴムとか、はんぺんにします」

言っててどんどん落ち込んでくる。

「真面目な話……わたしはひとりでいるのが好きで、ずっと自由に過ごしていたせいで……余計に他人と過ごすのに適さない人間になっていたのかもしれないです」

たとえば引き籠《こも》り生活が長くなると声帯周りが衰えて声が出なくなるという。

わたしは会社に行って最低限の社会生活は送っていたが、それ以外の人間関係を怠っていた。見えないコミュ帯だとか、協調筋だとかが気づかぬうちに劣化していてもおかしくない。

「たぶんそういうことじゃないよ」

城守さんが呆《あき》れた顔で慰めを投げ続けてくれるが立ち直れない。わたしは祖父にはんぺんを紹介するシミュレーションを脳内で始めていた。

「だーいじょうぶだって。小鳩さんはこうして話してても……言動は若干おかしいけど……会社で仕事できてるんだし」

「仕事はロボットでもできます」

「この間の議事録、小鳩さんが作ったんだよね」

「はい」

「あれ、すごく見やすかった。単に記録として必要事項が連ねてあるんじゃなくて、あとから見る人がどこを必要とするか考えて要点が整理されてて、簡潔だった」

「あ、ありがとうございます……」

「他人と絶対過ごせないようなやつはさ、他人が見ても使いやすいものなんて作れないでしょ」

「書類は人よりたくさん作成しているからなだけです。ものによっては自分で作ったものが使いにくかったり見にくかったりで後から改良を加えたりしてますし……場数です」

書類作成は頼まれる率が高く、面倒なものほどよく作っているので嫌でも要領がよくなっていく。その代わり対人業務は場数が足りずにまごつくことが多く、進歩が少ないから余計に苦手意識が募り及び腰になっていっている。

「めげるな。恋愛も場数だ。慣れれば人とのデートも楽しいもんだよ」

「人間とのデートは怖いです」

あの情けない気持ちを何度も味わうのかと思うと、場数なんて踏みたくなかった。

「じゃあ練習行くか」

ぱっと顔を上げる。

「練習って？　ゴルフのですか？　ほ、本当に無理、不可能であります……」

「そうじゃなくて……ゴルフ以外にも、もっとほかにもデートくらいあるだろ」

「誰と行くのでしょう」

「俺と」

なるほど。練習相手は目の前にいた。

「あれ？　城守さん彼女は？」

「少し前の繁忙期が凄《すご》すぎて全員に振られたから、そこは気にしなくていーよ」

「そうなのですか……」

ん？　全員？

……今全員て言った？　この人。

「……何人いらしたんですか」

「え、三人だけだよ」

「さんにん……」

静かにおののく。わたしはひとりすら無理とか言って半べソかいてたのに……もしかしてこの人本当に達人かもしれない。

「みんな平等に忙しい合間を縫って会ってたのに……」

ブツブツ言ってるが忙しい時に会えるのが三分の一になっているのが原因だろう。きちんと捌《さば》けてないからやはり達人ではないかもしれない。

＊　　＊

城守さんとの模擬デートは祝日の水曜日となった。

「デートか……」

火曜日の夜、わたしは自宅で深いため息を吐いていた。

わりと打ち解けてきている城守さんと出かけるのはそこまで気重ではなかったが、いかんせんわたしは人間とのデートへの自信を失っている。デートという単語自体に憂鬱《ゆううつ》になってしまう。

正直、誰が相手でも休日は自分の部屋でお菓子でもつまみながら映画でも観《み》ていたいのが本音だ。そして眠くなったら昼寝して、早めに起きたら夕飯は作ってもいいし、どこかにひとりご飯をしにいってもいい。好きなときにお風呂《ふろ》に入って、好きな音楽を聴く。お酒だって飲んじゃう。何時に寝ても起きてもいい。

考えるだけでそれがとても素敵な夢想に思えてしまい余計に気が重くなる。

わたしのおひとりさま体質は学生時代からの筋金入りなので、学校に友達がまるでいないというわけではなかったが、学校外で『二人』という人数でどこかに行くこと自体がほとんどなかった。

団体行動は先頭の能動的な人間に黙って付いていけばいいのでまだいい。

二人だと意見を出し合わねばならないし、双方の快適さや嗜好《しこう》に合わせ、片方の買物の最中には片方が少しずつ我慢したり、させたり。また、空腹の時間を合わせて食事したり、ずっと黙っているわけにもいかないので常に相手に少し注意を払い、必要なら会話もほどよく嗜《たしな》まねばならない。ひとりのほうが自由で気楽で、正直二人のよさがわからない。

しかし、結婚したいならそういったものに耐性を付けていかないといけないのはわかる。

今、そんな小学生以下の練習に付き合ってくれるのは城守さんだけで、それはものすごくありがたいことだった。


城守さんとの約束の朝。寝起きが絶望的に悪いわたしがわりとすんなり起きれた。これは単純な話で、約束の時間が十一時とそこまで早くなかったのでよく眠れたのだ。自然起床できたので、のんびり支度をした。

そうだ。デートだから、あれが着れる。買ったはいいが、仕事に着ていくには可愛《かわい》すぎるしで、いまいち着どころを失っていた服を思い出して少しうれしくなった。

事前に連絡があって、城守さんが自宅近くまで車で迎えにきてくれた。

わたしがすぐに気づかなかったので降りて手を振ってくれる。そこに歩み寄った。

「おはよ」

「おはようございます」

「今日は完全に普通デートのつもりでやるから肩肘《かたひじ》張らずについてこい」

「ハイ」

完全に教官の顔でそう言った彼に兵士の気持ちで返事をした。この時点で普通のデートでもなんでもない。

城守さんは車の前で腕組みしてわたしを眺めて言う。

「小鳩さんインドアロボットだからもっとヤバい感じかと思ってたけど……」

「何がでしょうか」

「服……普通に可愛いのな」

どこか微笑《ほほえ》ましい感じに笑われて、少しムッとした。

「服は恋愛のために着るものではないですから。彼氏持ちと違い他人の好みなどをまったく加味せず自由に選べます。いいでしょう」

極端な話、わたしは自分に似合うかどうかも度外視して選んでいる。モテ具合とかもまったく気にせず本当に自分が好きな服を買える人生は快適だ。

「そこを俺に自慢してどうすんのよ……」

「快適だったのです……」

しかし、それもここまでだ。今後は色々と、少しは気にしなくてはならない。

「普通におかしな趣味でもないし……そこはそのまま生きればいいじゃん……」

「そうなのですか。しかし彼氏がいるとアレを着るべき、だとかアレは着てはならない、など細かな監査が入ると情報を得ました」

「小鳩さんネットでわけわからん知識得てるの？　そういうやつもいるかもしれないけどさぁ、人それぞれだよ」

そういう城守さんの服装は歳相応《としそうおう》で、派手さや主張の強いものではなく、絶妙にお洒落《しゃれ》だった。

わたしは男性のファッションに関心がないため、流行《はや》っているのかまではわからない。でも、彼にすごくしっくりきていた。ともすると印象に残らないのに、確実に彼を引き立てていると感じる。この人はおそらく、好みの服を着ているんじゃなく、自分の容姿やスタイルに似合うかどうかだとか、魅力的に見せるためのものを優先して選んでいるんだろうと感じた。

扉を開けてもらって車に乗り込む。城守さんが運転席に座る気配を感じながら、シートベルトを締めた。

「亜子」

「はい？」

突然あまり使われていない名前を呼ばれ、驚いて彼を見る。

「今日だけ名前で呼ぶわ」

「なぜ……」

「雰囲気出るだろ」

「ああ。確かに……納得しました。……では、蓮司《れんじ》……さん？」

城守さんが軽く目を見開いた。

「なぜ驚いているのですか」

「いや……俺の名前知ってたんだね」

「相談をした日にフルネームをお聞きしました」

「忘れてるかと」

少しムッとしたけれど、同じことを思っていたのであまり言わなかった。

そして蓮司さん呼びも、声に出すと思ったより気恥ずかしく、それ以上は使えなかった。

城守さんの運転は穏やかだった。べつにチャラチャラした蛇行運転を想像していたわけではないが、思っていたよりずっと心地いい。

車窓からのんびり景色を眺めていたら目的地に着いたらしく、車が駐車場に停《と》められた。

「そういえば……ここはどこでしょうか」

「もっと早く聞けよ……危なっかしいやつだな」

「それならばもっと早く教えてください」

「どこだと思う？」

「……これは公園……というか……御苑《ぎょえん》ですね」

「そう」

もったいをつけたわりに簡素な返事がきた。

城守さんが連れてきてくれたのは緑広がる新宿《しんじゅく》御苑だった。中に入るとそこまで混み合ってはいない。天気がよくて、空はあわい水色だった。気温はほどほどにあるのに、ひんやりした気持ちのいい風が吹いていて、さっと頰を撫《な》でていく。

デートという苦手な単語に、まだわずかに張りつめていた息が一気に抜けた。

「わたし、普段九割は会社と家の往復と、休日も最高距離で最寄り駅までしか出ないので……すごく浄化されます……」

「そりゃよかった」

いつも都心の雑多な喧騒《けんそう》に囲まれたビルで仕事をしているので、大きく抜けた空の下、樹々《きぎ》が揺れているのは空気が二割増しでおいしくなる。

モニタの見過ぎの眼球にも緑が優しい。大きく伸びをした。

「わたし、デートって、何かアミューズメントで戦わないとならないと思っていました」

「アミューズメントは戦場じゃないし、べつに約束して二人で行けば宇宙ステーションでもゴミ捨て場でもデートだろ」

「……わたしのデート観、偏ってました……」

城守さんのチョイスとしても意外だった。でもおそらく城守さんは比較的嗜好《しこう》に偏りが少ないオールラウンダータイプで、彼は和にも洋にも軽食にもシフトチェンジできるハンバーグみたいな人だ。なのできっと、今回はインドア文化系陰キャのわたしに合わせてくれたのだろう。

「あと、公園の類《たぐい》は交際歴の長いカップルが行くものだと思っていました」

「本当偏見まみれだなお前……デートなんてさぁ、好きなとこに好きなやつと行くだけのもんだろ」

気負いのない言葉だ。ある程度の慣れがないとこうはならない気がする。

「でも、城守さんとだと、あまりデートという感じがしませんね」

そう言うと、心外だとばかりに睨《にら》まれた。

「このやろ……なんてことを……ハイ」

ムッとした顔で手を伸ばしてきたので、とりあえずぱしっと取った。

何かあるのかと思いきや、特に何が起こるでもなく、城守さんはそのまま歩き出した。

数秒後、何が起きたか理解してびっくりした。

「あの……三澤さんのデートでは繋《つな》ぎませんでした」

「俺のデートでは繫ぐんだよ」

「そ、そうなのですか……」

「あと、これは模擬デートだからまぁ目を瞑《つぶ》るけど……デート中にほかの男の名前を出すのは……」

「それはさすがにわかっております……城守さんだし……よいかと」

「真面目にやれ」

「はい」

わたしはどうも、城守さんが相手だと油断しやすい。なんでも言ってしまいそうになる。

デートから極限までやることを抜くと、こうなるんじゃないかと思うくらい、特に何もしなかった。

手を繋いだまま歩いて、思い出したようにたまに話す。それからベンチに座ってぼんやり空を見る。

普段やかましくペラペラしゃべる城守さんは今日は少し大人しめで、ベンチに座ると充電するように日光を浴びていた。もしかしたら彼も疲れているのかもしれない。わたしは自分との関わり外の彼をほとんど知らない。

空を見ると、遠すぎて小さく見える鳥が飛んでいた。

なんだか、ここ最近の焦りや、劣等感の塊なんかがまとめてほろほろと日光に溶けていくような気がした。失敗はあったけれど、また新しく、がんばれるかもしれない。

「城守さん、ありがとうございます」

「ん？」

「わたし、ここに来たかった気がします」

わたしが普段ひとりで遊びにいくのはだいたい映画と食事と買物しかない。それもほとんどひとり暮らしの住居がある月島《つきしま》周辺ですませていた。ひとつの街が馴染《なじ》みになってくると自分に必要なお店がある程度固定されてくる。いつもだいたいお決まりの店や場所をフラフラしていた。

ルーチンになると新しい発想がなかなか出てこないもので、大きな公園のようなところに行くのはわたしの発想になかった。かといってわざわざひとりで電車に乗って行くかというとなかなか腰が上がらない気がするので、こうやって連れ出してもらえると本当に来てよかったと思う。

「元気も出たし、お腹《なか》も空《す》いてきました」

「じゃあ、そろそろなんか食べに行こっか」

新宿御苑を出て、少し歩いたところにある城守さんお薦めのベトナム料理のレストランで食事をとることにした。


入店してから、わたしは長いことメニューを熟考していた。

豚スペアリブレモングラス焼き。青パパイヤと煮豚のサラダ。手羽先のヌクマム風味。鶏肉《とりにく》のライム葉巻。どれもおいしそうで、眼球が右へ左へ忙しい。

「……城守さん、この、ブンリュウというものは、おいしいですか？」

「俺も食べたことない」

「……そうしたらやはりこちらに、でもこちらも捨てがたいのです……」

真剣に悩んでいると、城守さんが頬杖《ほおづえ》をついてこちらを見ているのに気がついた。

「すみません。早急に決めますね」

あまり食べたことがなく、メニューも豊富だったので、いつになく迷ってしまった。

「べつに、後ろに予定があるわけでなし……ゆっくり選べばいいじゃん」

「……え」

「急ぐのはわかるけど、亜子は色々無駄に焦りすぎなんだよね……。じっくり決めて、好きなものを好きなだけ頼めばいいよ」

そうかもしれないと思った。

少なくとも、今日くらいはすべてにおいて焦るのをやめてゆっくりしよう。

時間を気にしなくていいのはすごくいい。これはあの料理と味が似ているだとか、子どものころは食べられなかったものが急においしくなったときのことだとか、婚活や仕事ともぜんぜん関係のない話をしながら、ゆっくりと食事をした。

駐車場までの道すがらに店舗内でやっていた北海道物産展にふらっと入ったので、自分へのお土産にチョコと乾麺《かんめん》を買って、城守さんにもあげた。

「城守さん、本日はありがとうございました」

「デート恐怖症の小鳩さん、大丈夫だった？」

「あ、はい。とても楽しかったです。楽しいものですね、デート」

「少しは自信ついた？」

「いえ、それは……」

「ついてないんかい……」

「なんといいますか、初心者向けに寄り過ぎていて……楽しかったのは城守さんがこういったものの熟練者だからで……」

初心者がゲーム慣れしてる人と一緒にボス戦をやったかのようで、自分でボスを倒した気がしないというのが素直な感想だった。

「……そもそもこれはデートなのでしょうか」

わたしと城守さんは交際してるわけでも交際前提でもない。そうするとデートと言えるんだろうか。

「俺と亜子がデートだと思えば、デートだろ」

「でも……」

城守さんは口元でちょっと笑って繋いだ手を軽く上げた。

「俺も楽しかったよ」

「…………」

「これはほかのどんな組み合わせでもなく、俺と亜子のデート。だからやっぱりデート」

言わんとしてるところは、わかるようでよくわからなかった。ただ、城守さんが女性にモテるのはなんとなくわかった。

「俺はデートだと思う。亜子は？」

「……達人がそう言われるのなら……これはおそらくデートです。デートレベル上がりました」

「よし、その意気で結婚相手みつけるぞ！」

「はい」と小さく返事をしたあと、向き直る。

「……でもやはり、素敵な王子様を探す必要はないと思います」

「は？　なんで」

思ったより強い語調で言われて少したじろく。

「急いでいるのもありますけど、まずわたしにはもったいないです。それに……平気で浮気しそうな人とかのほうがこちらも気をつかわずに楽にやれる気がします」

正直な話をすると、三澤さんと会ったことで余計にその気持ちが強くなってしまった。

素敵な人を紹介されると、その人を不幸にしてしまう気がする。そして相手のためといえば多少聞こえはいいが、それだけではなく、わたし自身が素敵な人にがっかりされたり、落第点をつけられたくないという怯《おび》えがあった。素敵な人であればあるほど自分の至らなさが浮き彫りになってしまう。

わたしは自分の能力の低さを知っていて、難しい目的を達成するためには自分の心や意思、希望の部分を除外して方法を考えるしかないと思っていた。そのために一般的に嫌がられたり、人が寄り付かない難ある部分を持った方に照準を合わせていた。

しかし自分が素敵な相手に相応《ふさわ》しく向上するという方向性での努力はまったく考えていなかった。それができる可能性は低いとわたしの脳が判断したのだろう。

城守さんがまた呆《あき》れたように顔を歪《ゆが》める。

「あのね、すっごい普通のこと言うけど……最低限敬意と好意を持てる、なにより誠実な相手と結婚したほうがいいと思わない？」

「それは一般論です。ひとくちに夫婦と言ってもいろんな形があると思いますし、誰にでも当てはまるものではないのでは」

「いや、誰だってそうだよ。今結婚するなら、結婚してからのほうがそれまでの人生より長いんだから。誠実で歪んでいない関係が作れる相手のほうがいいに決まってる」

「誰でもですか？」

「そう」

城守さんは当たり前の顔で頷《うなず》いた。

「……不思議なのですが、それが城守さんにとっての幸せな結婚観なら、なぜ城守さんはそう生きないんですか」

そう言うと彼は黙って眉根《まゆね》を寄せる。そのあと出てきたのはわりと投げやりな声だった。

「俺は結婚にいいイメージがないから。べつにする気がないし、いいんだよ」

「わたしにあれだけ誠実なやつにしておけ、それが幸せだと言っているのに。それが城守さんにとっての幸福な結婚観なのに……変ですよ」

そう言うと、城守さんは中空に視線を彷徨《さまよ》わせ、考えた。

「まぁ……言われてみれば……そうかもね」

少しの間沈黙が降りる。駐車場に戻ってきたので、そのまま車に乗り込んだ。

「それはそうと俺は、さっき言ってた平気で浮気しそうなやつとか、認めないからな。亜子には絶対にちゃんとした誠実なやつを見つける」

「え、えぇ……」

この人はなぜこんなに、闘志を燃やしてるんだ。

「会長だって不実なやつは認めないよ」

それを言われると何も返せない。

わたしは城守さんに協力してもらう限りは自分の自信のなさと、ふがいなさと向かい合わなければならない。でも、もしかしたらそれが普通で、みんなそうやって他人と関わっているのかもしれない。

わたしはようやく、ずっと逃げ続けていたスタートラインに立っただけかもしれない。

第三話　大人の余裕と無邪気の配合！　オムライス殿下

婚活二人目の王子さまはオムライス殿下だった。

この人は木質素材事業部の方で城守《きもり》さんとは昔から仕事で関わりがあり、そこそこ親しい間柄だそうだ。少し前に彼女と別れたとの情報から、すみやかに脳内リストインされた逸材らしい。

年齢は三十五歳。人柄は穏やかで優しく、めったに慌てることがない。

仕事も申し分なくできるイケメンだというその人に、城守さんはコードネームを付けた。

「オムライス王子……いや殿下だ」

今日は夕食を兼ね、終業後、城守さんお薦めのお店のある隣駅まで足を延ばしていた。

わたしは城守さんとそろって食べていたオムライスのお皿に視線をやった。

「城守さん……そのコードネーム、思いつきで適当に言っていませんか」

「いや、あの人は大人の落ち着きはありつつも、どこか無邪気な少年ぽさを感じるんだよね。大人向けのオムライス……オムライス殿下だ」

お店はレトロで可愛《かわい》らしい内装だった。木製の、温かみがあるテーブルと椅子がこぢんまりと配置されている。

お皿にのったオムライスは、美しい黄色のオムレツに焦げ茶色のデミグラスソースがかかっていた。スプーンを差し入れるとトロトロの卵がほどけるように出てくる。下に鎮座している朱色のチキンライスと絡めて食べると口の中に甘い幸せが広がった。

オムライス殿下、根拠はないが、いい方な気がしてきた……。

「殿下はね、仕事外だとちょっとものぐさなところがあるんだけど、だからこその誠実さがある。特に女性関係は昔何かあったらしくて、徹底的に面倒くさい揉《も》めごとを避けようとしてるふしがあるから浮気しない」

そして城守さんが言うには「あの人はなんとなく、そろそろ結婚を意識しだしている感じがする」とのことだった。そこは重要なポイントだ。

ここまでだと、なんの問題もなさそうだが、城守さんは難点も事前に挙げてくる。

「ネックとしてはあの人は昔から本当にモテたみたいでさ。学生時代からずっと、放っておいても積極的な女がガンガン寄ってくるから、マジで何もやってきてないの。そっち方面が本当に受け身なんだよね」

わたしはそれに対して「がんばってみます」と言ったけれど、城守さんはわたしの顔を見て「どうだろうなぁ」と少し不安そうにしていた。

翌日の終業後。会社の近くのカフェで城守さんにオムライス殿下と会わせてもらった。

城守さんは引き合わせると、早々に退出した。

「木質素材事業部の池座《いけざ》です。よろしくね」

オムライス殿下こと池座さんはやや童顔で、年齢よりだいぶ若く見える方だった。

話し方もふわっとほんわりしている。しかし、仕草というか、雰囲気は落ち着いていて、大人の余裕のようなものがしっかりと感じられる。城守さんの言わんとしているところは雰囲気だけでなんとなくわかった。

「城守がすごく推してたから、その時点で気になってたよ」

池座さんは冗談まじりに言って「ふふ」と笑う。その笑顔は少し可愛い感じで、裏のなさそうな自然な笑みだった。上品な感じがする。

「遊び半分ならやめてくれって、城守がずいぶんと格好いいこと言ってたけど、なんだかわかる気がする。すごく育ちがよさそうだね」

今回は三澤《みさわ》さんのときのように、結婚前提であることを先にストレートに伝えるのはやめておいたと言っていた。だから結婚前提の言い方をやんわりに変えるとそうなるかもしれない。城守さんの言い方なのか単にそう受け取られたのかはわからないけれど、熱血ドラマみたいで少し恥ずかしい。

「亜子《あこ》ちゃんは、どのへんに住んでるの？」

「月島《つきしま》です。大学生のときから住んでおります」

「ああ、昔、友達が住んでて、よく遊びにいったよ。あのお店はまだあるのかな……」

殿下はやはり世慣れているのか、当たり障りのない共通の話題を引っ張り出すのがうまい人だった。物腰が柔らかで、言葉足らずなわたしの物言いに対しては誤解がないようにきちんと確認をしてくれる。城守さんにしてもそうだけれど、こういう会話上手な人と話していると、まるで自分に人並みの会話力が身についたような錯覚をしそうになるが、実際はまったくそんなことはない。単に相手の力だ。

一時間ほどゆっくりと会話をした。

「じゃあ、亜子ちゃん、今度遊びにこうか」

「はい」

「どこがいいかなあ」

殿下が少し考えこむ。お任せして苦手なエリアになってしまうのを危惧《きぐ》したわたしは先んじて言った。

「あ、わたし、いいところを調べます」

「そうだね。亜子ちゃんが行きたいところがあるなら、それがいいね」

これはがんばって調べて、楽しませるチャンスでもある。

受け身なのがネックらしいが、わたしは恋愛したいわけでないので、積極的な人より、そういうのんびりした方のほうが合うかもしれない。積極的にこられると、助かる反面、対応できるスキルがないのに対応に追われることになる。それにデート関連はこちらに決めさせてもらえたほうが失敗がない気がしていた。わたしは静かに燃えた。


その二週間後のことだった。

終業時刻を少し過ぎたころ、池座さんがわたしのいるフロアを訪ねてきた。

何人かは帰っていたけれど、残っていた先輩と後輩数人が背後で悲鳴をあげる。

「ギャー！　ロボ子がいつの間に、また違うイケメン！」

「ロ、ロボちゃんどうしちゃったのかな？　体の具合でも悪いのかな？」

「ロボ先輩、この間までイケメンとカカシの区別もついてなさそうだったのに……！　エラーですかね？　壊れたんですかね？」

その、余計な心配は小声ではあったが、わたしの耳にはしっかりと届いていた。

「亜子ちゃん、ちょっといいかな」

そう言った池座さんの顔はどことなく困ったものだった。

帰りの支度をして、三階のカフェに移動して話すこととなった。

「少し話があって呼んだんだけど大丈夫？　用事があったりはしない？」

「はい。大丈夫です」

池座さんはそう言ったけれど、そこから少し考えるように黙り込んだ。わたしもそこで止められると何を言うこともできず、黙っていた。

「実はね……」

数秒の沈黙のあと、彼がまた口を開こうとしたときだった。

「い、ッ、池座さあーん！」

大声が聞こえて振り向くと、女性が結構な勢いでドカドカとこちらに来た。

すらりとした長身でベリーショートの髪形。顔立ちはさっぱりと整っており、男性のみならず女性にもモテそうな感じの方だった。

彼女はクールビューティといえなくもないルックスなのに、それに似合わぬ慌てふためいた表情で、ハアハアと息を切らして、テーブルの前に立った。

「いいっ、池座ざぁん、そそ、その方ですか！」

池座さんは女性に対して少し嫌そうな顔をした。

「梶原《かじわら》、突然何の用だ。今、話をしているのがわからない？」

わたしは部署が違うので池座さんにはあまり上下関係を感じていなかった。でも、彼女に対する彼の態度は直接の部下や後輩に対するものを思わせる、厳しさと気安さを同時に孕《はら》んだものだった。

「違うんです！　絶対喧嘩《けんか》はしません。あたしはこの方と少しだけ話したいんです！」

「お前がこの人と話すことはないだろう？」

「それでも……」と言って、彼女はわたしのほうに向きなおった。

「あのっ、少しだけ……少しだけいいでしょうか！　意地悪したりしませんから！」

「亜子ちゃん、こいつのことは聞かなくていいよ」

池座さんは言ってくれるが、女性は真剣な顔でこちらを見ている。

「お願いします！」

見た目とは裏腹に、クールとはかけ離れた体育会系の匂いを感じる。

いっそ目を潤ませそうな勢いに押されてわたしは頷《うなず》いた。

わたしと彼女はカフェに池座さんを待たせたまま、休憩スペースの端に移動した。

「突然すみません……。木質素材事業部で営業事務をしてます、梶原です」

「総務の小鳩《こばと》です」

わたしと彼女は壁全体が大きな窓となっている側面の端に向かい合って立っていた。

「あのっ、城守さんに紹介された方ですよね」

「はい」

「あたし、城守さんの紹介っていうので、もっと……派手で遊んでそうな方かと思ってたから、びっくりして……いてもたってもいられなくなってしまいました。すみません」

城守さんのイメージに問題があるのを感じる。

そうして彼女は勢いを落として、ぽつりとこぼした。

「あたし……池座さんが彼女と別れるの、ずっと待ってたんです……」

「え……」

わたしはこの段階でまだ、何の用だろうと思っていた。

敏《さと》い人ならすぐ気づいたのかもしれないが、長年恋愛から離れた生活を送っていたわたしの脳はそちら方面への関連付けをしようとはせず、まるで予想をしていなかった。

「あたし、昔っから気が多くて、惚《ほ》れっぽいところがあったんですけど……池座さんのことは入社して二年間ずっと好きだったんです」

「は、はい」

「それで、最近彼女と別れたと聞いて、告白しました。そうしたら、城守さんに紹介された子がいるから、少し待って欲しいと言われて……！」

それはわたしのことだろう。頭皮に変な汗が浮いたのを感じる。

窓に向かって語っていた彼女が突然がばっとこちらに向きなおった。わたしの肩に手を置いて、猛烈な勢いでしゃべりだす。

「あ、あのっ！　あたしはあなたみたいに可愛くもないですし……なんなら池座さんには妹……いや弟？　みたいに思われている気がしなくもないんですけど、でもこの間池座さんが次に付き合う子とは結婚したいって言っているのを聞いて……やっぱりどうしても……がんばりたくて！」

池座さんの言った「次に付き合う子とは結婚したい」というその言葉は、わたしにとっても聞き捨てならないものだった。誠実で人柄のよい人と早めに結婚ができるかもしれない。わたしにとってもチャンスはそうたくさんはない。

でも、目の前の彼女の必死な形相に、そんなものは飛んでいきそうになった。

「あっ、あたし、悪役みたいなことをしているのはわかっているんですけど、どうか……どうか身を引いていただけませんか。あたしに……チャンスをください！」

そう言って、彼女はバッと勢いよく頭を下げた。

わたしは、小さく後ずさりをした。何か、得体のしれない恐怖を感じたのだ。

「梶原……そういうのは彼女じゃなくて僕に言うべきことじゃないのかな？」

待っていられなかったのか、様子を見にきたと思われる池座さんがだいぶ呆《あき》れた顔で近くに立っていた。

梶原さんが顔を上げてひいっと息を呑《の》み、顔を真っ赤にしてまた頭を下げた。

「っ、あたしが選んでもらえるとは思えず……卑怯《ひきょう》だとはわかっていながら、小鳩さんを説得……泣き落とそうとしてましたあ！」

池座さんはものすごく困った顔をしていた。

「梶原……お前は本当にいつもいつもそう……暴走が過ぎるんだよ。何回それで失敗したと思ってるんだ。営業事務になったのだって元はといえば……」

「ひい、申し訳ありません！　やれることは……全部やっておきたかったんです！」

彼女の悲愴《ひそう》な叫びに池座さんはお説教を止めて、呆れたようなため息をふっと吐いた。

「亜子ちゃん、迷惑をかけてごめんね」

池座さんが梶原さんの頭を緩く押し、わたしに向かって下げさせる。

「んもッ、申し訳ありません！」

「い、いいえ……」

わたしは首を横にぎこちなく振って見せたが、内心はかなり気圧《けお》されていた。

恋する女子の発するギラギラしたエネルギーにあてられて、今にも倒れそうだった。

彼女の発したどの台詞《せりふ》も、テレビドラマや恋愛漫画の中でしか聞くことのないと思っていたものだった。まさか現実で観測することになるとは思わなかった。

わたしは自分なりに真剣ではあった。しかし真剣に結婚相手を探していただけで、真剣に恋愛をしようとしていたわけではない。できたら結婚していただけないかと会わせてもらった人に、こんなにも熱く想《おも》いを燻《くす》ぶらせている人がいたことに本気でたじろいでいた。

熱い。恋愛女子。熱すぎる。

わたしは申し訳ないが若干引いてしまっていた。

わたしがのほほんとおひとりさま人生を過ごしている裏では、愛憎が渦巻く恋愛模様が広がっていた。急に世界の裏側、いや、皮膚の中身を見せられたかのような感覚になり、軽い恐怖を感じる。

告白。嫉妬《しっと》。抜け駆け。打算。駆け引き。失恋。略奪。

たとえみっともなくとも、泥臭くても、悪役になっても得たいという、その生々しさ。

生命のエネルギー。

『群雄割拠』という単語が浮かんだ。

わたしはこんな恐ろしい世界に片足を踏み入れようとしていたのだろうか。

足元がぐらりと揺れるような感覚がした。

＊　＊

わたしは城守さんと日曜の午後に反省会をした。

「……で、譲っちゃったの？」

「そういうわけでもないですが……最終的には、無事、穏便にその流れになりました。城守さんにご紹介いただく方は無駄に見た目がいいのでこういうことがおこるんです」

「まぁ、いい男にはそのリスクはあるよなー」

「とりあえず、ますます恋愛の絡まない結婚を目指したくなりました」

「まぁ、そこは強要できるもんでもないから誠実なやつなら恋愛は無理にしなくてもいいと思ってるけど……」

「可能でしたら、次からもう少しモテない方でお願いしたいです」

「……小鳩さんて贅沢《ぜいたく》言わないって言うけど、反対方向に贅沢というか……脆弱《ぜいじゃく》だよね」

「それは……その通りです……すみません」

多くの女子が憧《あこが》れる、仕事ができる誠実なイケメン。城守さんの紹介は三澤さんにしてもそうだけれど、一般的な婚活女子にはかなりありがたい人選なのだと思う。

けれど、わたしには荷が重いと言わざるを得ない。

「でも、少し張り合えば勝てたかもしれないのに、お人よしだなあ」

「あんな生命エネルギーの塊みたいな方と、整備不良で廃棄寸前のロボットみたいなわたしが張り合えるはずがありません」

彼女は悪役と言うには正直すぎる人だった。むしろ熱血主人公タイプにも感じる。

かたや結婚してくれれば誰でもいいと闇雲に相手を探し、それなのにコネクションを使ってぬけぬけとモテるイケメンと交際しようと画策していたわたし。悪役は、邪魔者はどちらだろうという思いもある。真面目に片思いしてる人がいるならば、そちらが実ったほうがいいに決まっている。いい当て馬になれて本望だ。そう思うしかない。

「それに、もともと池座さんはわたしのことを断るつもりで呼び出したのだと思います」

結局最初に呼び出された用件は聞きそびれたけれど、そうじゃないかと踏んでいる。

わたしと付き合うつもりなら、裏で梶原さんに断ればいいだけだからだ。

異常に女性関係の揉《も》めごとを避けるという池座さんは、たとえ付き合う段階までいっていなくても先に紹介されたわたしに、彼女と付き合うことをきちんと告げようとしたのだと思う。

池座さんはわたしに対するよりもずっと気安い顔を彼女に向けていた。彼女の性格も、よく知っているのだろう。それに、どこかふわっとしていてペースを崩さない池座さんが、彼女に対しては呆れて怒りながらも振りまわされているような感じさえする。その時点で答えはもう出ている気がした。

「わたしとは熱意が違いますし、わたしはまだそんなに仲よくもなれてなかったですし……仕方ないです」

「仕方ないって言っても……小鳩さんは紹介した日から二週間、何してたの？」

「わたしですか？　調べておりました」

「ん？」

「最高のデートを失敗なくプランニングせねばと……都内のデートスポットを調べ……体験談などを読んでおりました。面白かったです」

「連絡は？」

「へ？」

「連絡はちゃんとしてたの？」

「それは、まだデートの準備が完了していなくて……」

「そういうんじゃなくて……おはようおやすみこんにちは！　今日もごはんがおいしいね！　君は今日も元気かい？　みたいな日々の生活を支える、ささやかな定期連絡の提供はしていたのか!?」

「え、なんですかそれ……あ」

三澤さんのことを思い出す。他愛のない連絡。コミュニケーションのための連絡。アレのことか。

「しておりません。一度も」

城守さんは「ハー……」と情けないため息を吐いた。

「そりゃとられるよ……」

「それは、そんなに必要なものですか？」

「絶対必要とは言わないけど、まだそんなに気軽に会えない相手なら、少しでも仲よくなるために、するべきなんじゃないの？　ていうか、したくならないの？」

「な、ならなかった……です。すみません……」

城守さんはしばらく呆れた顔で考え込んでいたけれど、やがて顔を上げて言った。

「亜子！」

「は、はい。なんでしょう」

急に勢いのついた名前呼びになったので背筋を伸ばす。

「今日から一週間、俺に定期連絡を入れろ」

「なんのためでしょうか？」

「特訓に決まってるだろう！」

「は、はい」

「大丈夫。お前はロボット人間だから、繰り返して習慣付けてプログラムすれば、普通にできるようになるはずだ」

　大丈夫の理由が酷《ひど》すぎて何が大丈夫なのかまったくわからないが、わたしは城守さんに定期連絡を入れることになった。

　連絡練習の頻度は朝昼晩の一日に三回。忙しい日は省略可能だが、なるべくその旨を先に伝えるのが望ましいとのことだった。

　正直なところその特訓にさほどの意義は感じなかった。子どものころの漢字練習を思い出す。

　でも、あの漢字練習が無意味だったかというとそれもまたわからない。それに、よく考えてみたら紹介後に個別で行われて、人様のものを覗《のぞ》き見ることもできないような作法の部分まで見てもらえるのはありがたいことかもしれない。

わたしは月曜日からせっせと定期連絡文をしたため、城守さんに送った。

最初は何を送ればいいのかわからず時間がかかったけれど、三日もすると自分なりのパターンができあがり、少し要領もよくなってくる。

金曜の夜の定期連絡を送信したあと、すぐに電話がかかってきた。

「亜子！　キサマ手ぇ抜いてんじゃねえ！　お前定型文を辞書登録して送ってるだろ！」

「なんでわかったんですか。すごい……」

「真面目にやれ！」

「眠かったんです……ごめんなさい……」

「あと無線の連絡じゃねえんだから！　用件伝えて終わりじゃねえの！　内容もｂｏｔが自動送信してるみたいだし……画面の先に生きた人間がいる感じがしねえんだよ。なんでこうなってんの」

「はい。内容はなんでもいいとのことでしたので朝は起床の連絡、昼は食べたものの報告、夜は就寝の連絡をしておりました」

三澤さんの連絡を参考にさせてもらったのだ。このチョイス自体は間違ってないはずだ。

「ば、馬鹿者！　この大馬鹿者！　毎度毎度七時起床しました、じゃねえんだよ！　もっとあるだろが！　昼も写真一枚撮ってすますな！　就寝時刻です、じゃねぇ！　何のお知らせアプリだよ！　お前明日《あした》ちょっと出てこい！」

四十階建てのビルの最上階にあるカフェはテーブル同士の間隔が広く、椅子も座り心地がよくゆったりとしていた。そのお店はカフェだけれどパスタが評判で、大きく取られた窓からの景色がとてもよかった。

しかし、わたしはその風景を味わうこともなく、城守さんに昨晩の続きのお説教を長々とされていた。

「城守さんに言われた通りに連絡はしておりました」

「そうだな。お前はクソ真面目に送っていた。……真面目すぎるんだよ。硬い」

「では、何を送ればよかったのですか」

城守さんは深く息を吐いて興奮を収めた。

「そうだな……朝は、今日もあなたが生きててよかった、一日の始まりにすでにあなたを思い出してます、という想《おも》いを込めた文を作れ」

「昼は？」

「昼は忙しい合間にもあなたのことを思ってますよ。早く会いたいな、という気持ちを込めた文を送れ」

「夜は？」

「夜は間違っても就寝連絡じゃねえ。一日の総括だ。その日あったことや、次に会ったときに聞きたいことを聞いてもいい。愛をしたためるのも可だ」

確かに、今思えば三澤さんの連絡は内容自体は似たものでも、起床、就寝、食物摂取、今日あったできごとなどを複雑に組み合わせていたので、人間の温かみやまっすぐな好意が伝わるようなものだった。わたしはその形をなぞっていただけだ。

城守さんには三澤さんへの返信のとき、真面目にやりすぎて寝不足になった旨を話してあったのでもっと気楽にと言われていたのもある。気を抜きすぎた。

「……でも、城守さんに愛をしたためるのですか？」

「そういうことじゃないの。今のは本番用のたとえ。俺に送るなら……とりあえず人間がちゃんとコミュニケーションをとりたいと思ってする感じに、もう少し業務連絡感をはずせって言ってんの」

「難解で理解が追いつきません……」

「お前いっぺん脳をオーバーホールに出したほうがいいんじゃないの？」

そこで食事が来たのでやっと窓の外をゆっくり見ながら食べることができた。

パスタはトマトソースの上にバジルがのっていて、お説教からの解放感もおいしさを助長した。添えられていた小さなパンもおいしい。おいしいごはんは心をほぐすのか、食後のコーヒーを飲むころには城守さんもだいぶクールダウンしていた。

「まぁいいや、次行こう。小鳩さんのほうでは誰かいる？」

「あ、はい。少し調べてみました。ほとんど名前と顔だけですけれど」

わたしはせっせと社内の男性を観察して、脳内にリストを作っていた。お付き合いではなく結婚、それも急ぎなので、全体的に年齢高めで独身の人を探した。ただ、話しかけたわけではないので、呼ばれていた名前と人相程度しかわからない。

その四人は全て彼の知る人だったらしく、その場で却下された。

「ろくなのいねえな……」

「そうですか？　城守さんが厳しすぎるのではないですか。みなさんよさそうな方だと思いましたけど」

城守さんの基準が厳しいので、わたしも少し上げざるを得なかったのだ。

少なくとも平気で浮気をしそうな人、人格に問題があることで有名な人、粗野で乱暴な雰囲気の人は外している。

「そういう意味じゃないよ。まずひとりは指輪してないだけで既婚。ひとりは彼女持ち。

早くに同棲《どうせい》して結婚のタイミング失ってるだけですごく長い」

社内にいる結婚相手の候補、意外と少ない気がしてきた。既婚者も彼女持ちもみんな目印とかつけてくれないだろうか。

「それから小鳩さんの基準がいまいちわからないんだけど、たとえばさっき言ってた、うちの部署の安田《やすだ》さん、なんでいいと思ったの？」

「誠実そうな方だと思いました」

「あぁ……なるほど。適齢期近くて人畜無害そうなやつを探したんだ」

「そうです。話し方や表情しか判断材料がないのがネックですが、お昼はなるべくカフェに行って見ていました」

「うんうん、えらいぞ……安田さんは中身は誠実とかけ離れてるけどね」

ボソリと言われてしまう。見た目で判断するしかないのに、見た目と違う内面だともう何もできない。

「でもまあ結婚には誠実さは一番に大事だ。方向性は間違ってない。これからもそこは外さずに探そう」

そう言ってコーヒーを口に含む城守さんを見て、やはり気になってしまうことを聞いた。

「あの……城守さんのその、ご自身の言動に似合わない、ごく普通の結婚観は……どこで誰に？」

　城守さんの言ってるのは子どものころに学ぶ道徳観念そのものであり、ある意味綺麗《きれい》ごとに近い理想論でもある。だから最初は単に突っ込み交じりの正論を言ってるだけだと思っていた。

　けれど最近少し違うような気がしてきた。まるで誰かに言われた言葉みたいだと感じる。

　城守さんは眉根《まゆね》をわずかに寄せたあとにぽそりと言った。

「俺のじいさんだな」

「え……」

「俺の母親はわりと早くに亡くなったんだけど……超ろくでなしと結婚したから、じいさんはずっと心配していた」

「ろくでな……大丈夫だったんでしょうか」

「結局女と逃げたよ」

　大丈夫ではなかったらしい。

「ずっと、じいさんが繰り返し母親に言ってたんだよね。もっと誠実なやつにしろ、探せば世の中にはお前を大切に思ってくれるやつは絶対いるからって、それがお前の幸せのためだって……俺もそれを横でずっと聞いていて、最初からそうしていたら母親も、もう少し幸せな人生だったのかもしれないと思っていた……」

黙って手元のコーヒーをごくんと飲み込む。温かくて、少し甘い。

ふと気づいた。

「なんとなく、城守さんがわたしにお節介を焼く理由がわかった気がします」

彼は今のわたしの状況に、自分の祖父と母親を重ねているのだろう。

彼の祖父は娘に幸せな結婚をして欲しかった。結局うまくはいかなかったけれど、ずっとその姿を見ていたから。

「うん、重ねてると思うよ。俺は今、お前に幸せな結婚をさせることにわりと燃えている」

城守さんは意外なほどあっさり認めた。素直な返答に、なんだか少し苦笑いした。

「あの、もしタイムスリップして、こうやってお母さまの結婚を手伝うことができたらやりますか」

「え……？」

思いついたまま聞いてからしまったと思った。

こんなこと、聞いてはいけないことだった。

だけど彼は顔を上げて、ケロリと答えた。

「やると思うよ」

わたしは手元のカップの縁に視点を合わせ、指先で転がして、ぐっと胸がつまるような感覚に少し泣きそうになった。

「いえ、それは……やっぱり、やってはいけません」

「え……」

「絶対駄目です」

「…………」

数秒して、わたしの意図を正しく汲《く》み取った城守さんが小さく笑い、手を伸ばしてわたしの手を柔らかく摑《つか》んだ。

たとえそれで彼の母が幸せになったとしても、そこを正すと彼は今ここにいない。彼は彼の母が不誠実な相手を選び、ある意味間違えたから、この世にいるのだ。

何かが正された、間違いのない世界。

たとえばそんなものがあったとして、そこに当たり前に彼がいないのは、寂しすぎる。

なんだか悲しくなって、そのまましばらく黙って座っていた。

第四話　クリスマスは誕生日

冬が深まり、その日に向けて街がじょじょに色づいていく。

もうすぐクリスマスだった。

「え、一緒に過ごせないのですか？……え、それは……まだですけれど、でも……今年は……わかりました……」

お昼休みに会社のロビーで電話をしていたわたしは落胆して通話を切り、深いため息を吐いた。

「小鳩《こばと》さん、俺が知らないうちに誰に振られてんの？」

「……わ」

隅っこでこっそり電話していたのに、いつの間にかすぐ後ろに城守《きもり》さんがいた。

「いるなら気配をもっと出してくださいよ」

「いや普通に近寄ったけど小鳩さんが気づかなかったんじゃん」

「そうだったのですか」

「で、俺に黙って誰と婚活してんの」

「べつに何も隠してないです。婚活は進展なしです。二十五日は……ここ数年は毎年祖父と過ごしていたのですが……今年は用事があるからと、断られたのです」

「ああ、そうなんだ」

「まさか断られるなんて思わなかったから……かなりショックです……」

今年の二十五日は土曜だから、久しぶりに一日一緒に過ごせると思っていたのに。

そろそろ相手がいるはずだから愛を深める日にしなさいと、暗にプレッシャーをかけられてしまった。相手はもちろんいない。影すらない。しかしそんなこと言えるはずもない。

「でも意外だね。小鳩さんはクリスマスにひとりでも気にしなそうなのに」

「クリスマスなんて気にしませんよ」

「うん？」

「二十五日は……わたしの……誕生日なんです」

「クリスマスに？　あー……それは……ご愁傷様」

城守さんがすぐに察して同情を寄せた。

「あー……俺、二十五日は三澤《みさわ》が主催のそこそこ大規模なパーティ……なんだけど、小鳩さんも来る？」

城守さんをカッと睨《にら》みつける。

「行くわけないじゃないですか！」

「……そうだよね」

＊　＊

十二月二十五日の朝、宅配便で祖父から誕生日プレゼントが届いた。

中身は赤色の可愛《かわい》いケトルと腕時計だった。

メッセージカードもついていて、今年は一緒に過ごせないことの謝罪と、わたしの幸せを祈っていることが綴《つづ》られていた。

わたしの兄弟は誕生日やクリスマスにはよく、限定生産の外車だとか、宝石のたくさんあしらわれたドレスなどをプレゼントにもらっているようだったが、わたしはそういった方面の物欲が薄かった。たまにあるわたしの欲しいようなものは、ゲームソフトだとか文庫本だとか、自分で容易に買えてしまう。

わたしはいつも、プレゼントに欲しいものがまったく思いつかない。

だから大人になっていつからか、両親からはもらわなくなった。

けれど祖父はずっと毎年、わたしのために選んで贈ってくれていた。祖父がくれるものはいつも素敵で、見た瞬間から、ずっと欲しかったような大切なものになってしまう。少ししょぼくれていたわたしだったけれど、祖父からのプレゼントを見たら、すっかり機嫌が直ってしまった。

そうだ。今日は思い切りひとりを満喫しよう。

わたしは手始めにローストチキンを作ろうと思いたった。理由は売り場に鶏肉《とりにく》がたくさん並んでいるからだ。

簡単な作り方を調べてから駅前のスーパーまで出て、鶏肉とお菓子とお酒を買い込んで昼過ぎには帰宅した。

鶏肉をビニールに入れて、バジル、タイム、パセリ、ローリエ、ローズマリーなどのドライハーブをまぶす。それからレモンとお塩、にんにくとオリーブオイルを揉《も》み込んで冷蔵庫で寝かせる。普段欠かさず自炊してるわけではないので、さほど手際よくはなかったけれど、ネットで作り方を確認しながら時間をかけてゆっくり調理をする。

肉をオーブンに入れて、時々小窓から覗《のぞ》きながらシャンパンをちびちび空けた。

そうして焼き上がったローストチキンはとてもおいしかった。皮がパリパリで中はジューシー。ハーブの味もしっかりとついている。

わたしは料理をするのは嫌いではないが、気が向いたときだけで、上手というほどでもない。だから思ったよりもうまくできたそれは、誰かにちょっと自慢したくなるくらいだった。

チキンをつまみながら、またシャンパンを飲んだ。

お腹《なか》がいっぱいになってきたらサブスクで映画を一本観《み》て、終わったら今度はテレビをつけてザッピングした。特に興味が持てる番組はやっていなかったけれど、お酒もまわってぼんやりして気持ちよかったので、しばらく寝転がって耳の端で画面の音を聞く。

それからゆっくりお風呂《ふろ》に入った。とっておきのバスソルトを入れて、体をゆっくり温める。お風呂を出て、ことさらゆっくり髪を乾かした。

そうやってのんべんだらりと過ごして、ふと窓の外を見ると真っ暗になっていた。

今日はつくづくいい休日の使い方をした。控えめに言っても最高。というか、わたしはやっぱりひとりが好きなんだなということを実感した。そうしていると、祖父に婚活を命じられる前の生活の感じを思い出して、そこにすぽんと戻ってきたような感覚に陥った。

誰にも乱されない。自分だけのペースで安定した一日。わたしはずっとこうやって過ごそうと思っていたんだった。

窓を開けてベランダに出てみた。寒さで吐く息が白くなる。

少し離れた駅前のあたりで光がキラキラしていた。街では飾り付けがされて、みんなクリスマスを楽しんでいるのだろう。今年はイブが金曜だから、クリスマス本番をお祝いの日にする人も多いんじゃないだろうか。そんなことを思ってから部屋に戻った。

お酒を飲んだせいか眠くなり、就寝には少し早い時間にお布団でウトウトとまどろんでいると、スマホが着信した。

画面には城守さんの名前が表示されていた。

「……………はい」

「小鳩さん、起きてる？」

「………………はい」

「寝てたね……ごめんね」

「いえ……起きてます。なんでしょう」

「いやさ、ちょっと近くまで来てるんだけど……外出れる？」

「え？　近く……外ですか……」

もうお風呂にも入ってしまった。外は寒い。冷えたくない。

しかし、そんな理由でせっかく来てくれた人を追い返すのは非道だ。城守さんは今日はパーティとか言っていたから、お酒を飲んでいるだろう。車ではないはずだ。外で話したら城守さんも寒いのは同じだろう。

「あの……わたしの家、前来てくださったとこの、すぐ近くのマンションなのですが、城守さん来ていただけません？」

「えぇ、家ん中？」

「はい。外は寒いではないですか。ダメでしょうか？」

「いやダメとかじゃないけどさぁ……………えぇー……」

城守さんはしばらくしぶっていたが、結局「まぁいいや。行くわ」と言って通話を切った。

人が来てもいい程度に身なりを整え、片付けをしているとインターホンが鳴ったのでエントランスを解錠する。しばらくして城守さんが部屋の前に到着したので招き入れた。

城守さんは少しお酒が入っているのかご機嫌で、どことなく緩い色気を醸し出していた。

「予想はしてたけど……いいとこ住んでんね……」

「そうですか？　祖父にはもっといいところに住めと言われてますが」

「あそう……」

「ここ、祖父の持ちビルなんです。セキュリティや利便性を考えて大学生のときから住まわせてもらってます」

「住んでる人のセキュリティがザルなら意味ないけどね……」

「どういう意味ですか。わたしのおひとりさま体質を舐《な》めてませんか。この部屋だって、祖父と、今城守さんが来た以外は誰も通したことない堅牢《けんろう》なセキュリティですよ」

「はぁ……それは堅牢っていうか……なんというか……まぁいいけど」

城守さんはなんとも言えない顔をしていたが「あ、そうだ」と言って、手に持った紙袋を差し出した。

「誕生日おめでと。これ、ケーキ。よかったら食べて」

「え……」

思わず受け取ったケーキの箱を見つめる。

「どうかした？」

「いえ、ありがとうございます。わたしお茶淹《い》れますね。どうぞ上がってください」

「知ったのギリギリだったから、プレゼントは買う暇なかった……ごめんね」

「いえ、お気遣いなく。もともと城守さんに教えるつもりはなかったですし」

「でも俺、昨日今日と、結構連絡先増やしてきたからさ」

「えっ」

キッチンに行こうとしていたところを振り返る。

「昨日は夜、独身で相手のいない社内の人間で集まって飲んでた。三澤のパーティも社内の別部署の独身男が結構来てたから」

「………」

「来年にはいいやつと結婚させるよ。それがプレゼントってことで」

「ありがとうございます。それが一番です。誰でもいいので早く紹介してください」

「いやまだ無理。要調査案件が多かった」

やはり調査は必要なのか。厚意でしかないのがわかるからあまり言いたくはないが、もどかしい。

「急ぎたいので……調査は結構です」

「いや……急いでいるならなおさら調査は必要」

「なぜですか」

「あのねー、たとえばモノを売りたかったら、何を売るかじゃなく、誰に売るかがものすごく大事なんだよ。いくら素晴らしい商品でも必要ないやつは買わないでしょ。買う気のないやつを何時間もかけて延々と口説いても無駄。それより買いそうなやつを見極める目のほうが大事」

「……はぁ」

「付き合うだけならもっと早いけど、結婚だろ。若すぎるとまだそんな意識ないやつ多いし、逆にある程度歳《とし》いって残ってるのは遊んでるやつも多くて。さらに人柄良好で、小鳩さんの相手だとパリピも外してかないと時間の無駄だからね……」

「確かに……難しそうですね」

わたしと結婚してくれる人なんて、やっぱりいないんじゃないのか。

「そうだ、城守さん。チキンを食べませんか？」

「え、チキン？」

「あ、よく考えたら……満腹でしょうか。お昼に大量に作ったのですが、さすがにひとりだと余らせてしまって」

「いや、そんな食ってないわ。いただく」

「では、そこに座っていてください」

チキンを温め直して、もらったケーキも開けた。入っていたのは小さなホールのショートケーキだった。『メリークリスマス』ではなく『ハッピーバースデー』のチョコプレートが付いてるのがものすごくうれしい。

お皿を置きにいくと、城守さんはテーブルに置いてあったプレゼントの時計をぼんやり見ていた。

「それは今朝、祖父から誕生日プレゼントでもらったのです。いいでしょう。すごく可愛《かわい》いのです。とても素敵なんです。祖父はセンスもいいんです」

「うん、可愛いね」

城守さんが呆《あき》れたようにくすくす笑う。料理を並べて、向かい合って座った。

「ん……？　なんかこれクリスマスだな」

「やめてください。わたしは……クリスマスなんてやりません」

「ケーキは俺が買ったからあれだけど、なんでチキンにシャンパンなんだよ！　これ完全にクリスマスだろ！」

「鶏肉やシャンパンはこの時季たくさん売っているからです。でもこれはクリスマスではありません。わたしはクリスマスなんて嫌いです」

「わ、わかったわかった。これはたまたまクリスマス風になってるだけ」

クリスマスを殺しかねないわたしの殺気に、城守さんも上辺の納得を見せた。

おほんと咳払《せきばら》いをして、お酒をひとくち飲んだ。

「城守さんもお察しの通り……わたしの誕生日はいつもクリスマスに負けていました」

勝てたことは一度もない。わたしが生まれたことよりキリスト様が生まれたことのほうを祝いたい人は多いのだろう。家族でさえそうだった。

「わたしの姉はエキセントリックな美人系の才女で、学校で常に一番の成績を取ってるような人でした。兄は薄幸の美少年みたいな見た目で、音楽の才能に恵まれてるけれど、昔から病弱で目が離せない人で、そんな中、わたしはまぁ……なんというか平凡で、ずっと影が薄かったんです」

わたしの誕生日はべつに無視されてるわけでも忘れられてるわけでもなかった。ちゃんとお祝いもしてもらっていた。

ただ、もちろん兄や姉も同じ日にクリスマスプレゼントをもらっていた。でもそれはまぁ、当然だ。ほかの兄弟にクリスマスプレゼントをなくせだなんて思わない。

わたしが一番嫌だったのは、誕生日のお祝い自体がクリスマスと合同でイブの二十四日に行われることが多く、誕生日に誕生日のお祝いがされなかったことだった。だからみんなでするそのお祝いをわたしが自分の誕生日と感じたことは一度もなかった。

もし別の日だったなら、普通にお祝いしてもらえたんだろうか。いつもは地味で影が薄くて、家族からの関心が薄いわたしでも、その日くらいはわたしのためだけの誕生日をやってもらえたんだろうか。

わたしはべつに誕生日というイベントを盛大にお祝いしたいわけではない。そこにわたしの悲しみの本質はなかった。ただ、家族のわたしへの無関心が浮き彫りになるかのようで、それがいつも少し悲しかった。生まれた日のお祝いをひとりだけぞんざいにされるのは、生まれなくてもよかったと思われているかのように感じてしまう。

両親はわたしにも親切だけれど、今でも悪気なく関心が薄い。嫌われてるとは思わないけれど、べつにいなくてもよかったんじゃないかとは思っている。

そんな益体もないことをぐだぐだ考えてしまう。

クリスマスは、一年で一日だけ、わたしが少し寂しくなってしまう日だった。

「でも、祖父だけは昔からわたしの誕生日をお祝いしてくれたんです。クリスマスプレゼントと誕生日プレゼントを両方くれたり……いつもわたしのために予定を空けてくれてました」

わたしは大学生以降は毎年祖父のところに行って、クリスマスは関係のない、わたしだけのお祝いをしてもらっていた。もしかしたら最後になってしまうかもしれないのだから、今年はなおさら一緒に過ごしたかったのに。

ゆっくり話しながら食事をしていると、お皿のチキンは残骸《ざんがい》になっていた。

ようやくお皿の上のケーキをフォークでひと口分突き崩す。口に入れたそれはふんわり甘くておいしかった。

「城守さん。ケーキ、とてもおいしいです」

「それはよかった。好みがわからなかったから、王道にしたわ」

「そうですね。苺《いちご》のショートケーキを嫌いな方はあまりいませんよね」

平均値が高いというか、誰にでも喜ばれる。

「俺はね……小鳩さんに、いうなれば、ショートケーキのようなやつを探したい」

「ん？」

「ケーキって言われたらどんなケーキ想像する？」

「ショートケーキですね」

「だろ。こいつは食物界のスイーツ部門というキラキラした場所に鎮座し、さらに競合激しいその中で王座を勝ち取った、全てを兼ね備えたキング・オブ・ザ・ケーキ。定番感はしっかりとありつつ、ほかの追随を許さない。それがショートケーキだ！　だから王子と言われて誰もがぱっと想像するようなすごいのを……」

「……いえ、わたしはお茶漬け王子でも餃子《ギョーザ》王子でもなんでもいいです」

「結婚は一生に一度……ってわけでもないけど、そうポンポンするもんでもないんだから、少しくらいは高みを目指せよ」

「ショートケーキ王子がいたとして、相手にされるとは思えませんし」

「小鳩さん、顔整ってるのに……自信ないよね」

「特徴と癖がない薄い顔なので、わざわざ嫌う人は少ない気がしますが、華やかさや愛らしさに欠けるようですし……それに、そんな程度では太刀打ちする気にもならないようなとんでもない美男美女が身内にいるんですよ」

あの姉とあの兄がいると、自分がつまらないモブでしかないことを痛感せざるを得ない。あの人たちがいる空間では、わたしの存在は常にピンボケしている。

また少し憂鬱《ゆううつ》を思い出しそうになったけれど、生クリームがたっぷりのった甘いケーキを口に入れたらそれはまた影を潜めた。こんな素敵なケーキが口の中にあるのにわざわざくさくさすることを思い出す必要はない。

「城守さん、わたしの誕生日のケーキ……すごくおいしいです。ありがとうございます」

「そっか、よかった」

「わたしの誕生日のお祝いの、誕生ケーキ、おいしいです」

「う、うん。誕生日、すごい強調してくるね……」

ひとりでもお祝いはできる。けれど、当たり前だけど誰かにお祝いしてもらうのはひとりではできない。誕生日は、できたら自分以外の誰かに生まれたことを祝ってもらいたい。

わたしは突然現れてお祝いをプレゼントしてくれたサンタクロースのような城守さんに、心の底から感謝していた。

「誕生日おめでとう」

「ありがとうございます。あの……」

「うん？」

「できたら、もう一度お願いします」

城守さんは小さく驚いたような顔をしたけれど、そのあと口元で笑ってみせた。

「亜子《あこ》、誕生日おめでとう」

城守さんがゆっくりと、わたしの目を見てくれた言葉は、胸の中を柔らかく、じんわりとさせた。

「……ありがとうございます」

「……おめでと」

「すごく……すごくうれしいです」

それから、城守さんはわたしがケーキを食べるのをじっと見ていたけれど。

「やっぱプレゼントも買えばよかったな……」

小さな声で、そんなことをつぶやいた。

第五話　新年会とはんぺんと消しゴム

年が明けてすぐ、社内の一番大きなレセプションルームで会社の新年会が催されていた。

毎年の年始に催されるこの新年会は社員対象のもので、子会社や支社を除く本社ビルで働く人間の多くが集《つど》っていた。

立食形式でテーブルに料理が並んでいたが、まだ誰も手はつけていない。新年会といっても半分式典。少しだけ堅苦しいものだ。宴会までいかないのでさほど楽しくもなく、大騒ぎにもならない。今、壇上では社長の橘《たちばな》幸次郎《こうじろう》が偉そうに挨拶《あいさつ》をしている。

祖父にはまったく頭が上がらないこの人は、実はわたしの伯父《おじ》でもあった。しかし、おそらくわたしの顔はちゃんと認識してないのではないかと思っている。

三が日に祖父宅で親類の集まりがあり、廊下ですれ違ったときに一瞬「あれ、こいつ誰だっけ。こんなやついたかな……」みたいな怪訝《けげん》な顔で見られた。数秒後に一応思い出してはいたが、よほど興味がないのか、毎年見るまで存在を忘れている。顔を合わすたびに座敷童子《ざしきわらし》を見たようなギョッとした顔をしてくるからわかる。親族の中で見なければたぶん永遠に思い出せないだろう。

わたしはそんな伯父の挨拶を見ることもなく、コマネズミのように働いていた。

総務は主催側なため、欠席など許されない。意地悪部長を除くほぼ全員なにかしら忙しく動いていた。

わたしは司会進行などの表舞台には立たないタイプなので、裏で動きまわっていた。

さっきまで、いるはずの専務がいないのを捜しまわり、物陰で秘書課の女性と熱い接吻《せっぷん》中なのを引き剝《は》がして連れ戻し、それからビンゴの景品であるノートパソコンが落ちて壊れたのを手に入ったゲーム機にすりかえた。さらに、あるはずのカフェインレスコーヒーがなかったのに常務がブチ切れそうになったので慌てて手配もした。

裏方とはいえ、わたしの苦手な部類の仕事には違いなく、去年はトラブルを収めるはずが広げたりもしていた。今年は今のところ無事だった。小さな進歩を感じる。

ヨレヨレになって戻ると、イベント的なものがひと段落したところで、会場は少し緩い雰囲気になっていた。

少し落ち着いたのか、先輩たちも何人かは休憩していて、わたしに気づくと手招きした。

「ロボ子、おつかれ。あんたもちょっと休憩してきなよ。朝からなんも食べてないでしょ」

「ロボちゃん、これ美味《おい》しかったよ」

「はい。いってまいります」

確かに空腹だった。とりあえずなんでもいいからお腹《なか》に入れたい。

大きめの輪の中で話している城守《きもり》さんが目に入る。彼はわたしに気づくと、ひょいとそこから抜けた。食べ物をひょいひょい皿にのせて、手招きしてくる。

「小鳩《こばと》さん」

行くとお皿を渡された。

そうして少し身をかがめ、小声で「誰か気に入ったのいる?」と聞いてきた。

「まだ、ぜんぜん見れておりません」

「じゃあ今探して」

受け取ったお皿の食べ物をありがたくつまませてもらいながら観察をする。

「あそこの優しそうな方はどうでしょう?」

「ダメ。あの人は指輪はしてないけど既婚者だよ。もう少し年齢を落として探してみなよ」

「では、あの方はいかがでしょう?」

「あれはダメだろ。あの太り方はろくでもない。百キロの壁を余裕で超えてる上に現在進行形で皿を二つ抱えて食いまくってる。ある程度体質はしかたなくてもあそこまでだと摂生する気がまるでない。一月なのに、汗でシャツベットベトじゃないかよ……」

「では、あちらの方は？」

「ダメだな。いまいち冴《さ》えない」

「城守さん、ダメ出し多くないですか……」

「結婚相手なんだから厳しく選定して当然だと思うけど。お前がゆるすぎんの」

城守さんが辺りを見まわし、ひとりに目星をつけた。

「んー、あそこの若そうな赤ネクタイ。あれなんかどう？」

「え、うゔん」

「なんだよその声は」

城守さんが提案するその人は、若いイケメンだった。顔立ちも整っているし、いかにもモテる男の雰囲気を持っている。

「わたし、あんなに格好よくなくていいのですが……あの方女性に囲まれてるし、あんなところに行って声をかけるだけでも寿命が五年分縮みそうです……」

「えー、ルックスはいいほうがいいだろ」

わたしはどちらかというと、人柄はよいが容姿に華やかさが欠けるので結婚相手がなかなか見つからずに少し焦っているような年齢の人を見つけて提案していた。

「俺の個人的な雪辱戦というか、仇討《あだう》ちを混ぜて悪いんだけどさ……俺のろくでなしドクズの父親が、顔だけはよかったんだよね」

「そうなんですか」

「そう。だから、俺はできたら『見た目はぱっとしないけどまぁまぁ優しい』とかじゃなくて、顔も性格も両方いいやつを探したいんだよね。そこも併せて圧勝したい」

どうもわたしの結婚相手を、ろくでなしの父親と勝手に張り合わせているらしい。

どうかと思う気持ちはあるが善意で無償で手伝ってもらっているのだから、どんな気持ちで選ぼうが動機のほうには文句をつけるつもりはない。

「でも、見た目がいい方は浮気の確率が高まりませんか？」

それは城守さんの外せない条件の『誠実』というものから外れないだろうか。

「あのね、浮気なんてするやつはどんな見た目でもするの。イケメンは誘惑が多いだけ。中途半端なやつは機会が少ないから、いざチャンスがあると飛びついて浮気するんだよ。それにブサイクでも願望さえあればいつかは浮気する。モテないから機会なんてなさそうな妻帯者が、キャバクラは浮気じゃねえわとかいって通って、結局かなり本気になって入れあげて家庭内紛争が起きた事例も社内に存在する」

城守さんて男性不信なんだろうか……。もう全人類全て浮気する気がしてきた。

「はんぺんも消しゴムも浮気しますか？」

ふざけて聞いたが城守さんは真顔で「はんぺんだろうが消しゴムだろうが、するやつはする」と答えて相手にしなかった。

三澤《みさわ》さんや池座《いけざ》さんは、一般的善良さを持つ、そこまで特殊でない人間だと思っていたけれど、もしかしてものすごくレアだったのだろうか。

「少なくとも、お互い結婚のための妥協で選び合ったような関係は先を考えるとよくないっしょ。そういや小鳩さん、見た目はどんなの好きなの？」

「いえ、わたし、急いでいますので……」

正直見た目なんかにこだわっていられない。

そりゃあ、わたしだって格好いい人は好きだけれど、わたしの状況下において優先順位はかなり低い。オムライス殿下のときのように、ほかの女子と被《かぶ》りやすいのも難点だと感じる。

「だーからちゃんと見つけてやるって。変なのと番《つが》わせてボコボコに殴られたりしたら、一番悲しむのはお前の祖父《じい》ちゃんなんだからな！　わかってんの？」

「どりゅべっ、しゅごぉーん!!」

そのとき珍妙な声が聞こえて、揃《そろ》って声のほうを向いた。

「どらっ、しァぁ～ん！」

見ると眼鏡の男性がクネクネと踊りながら叫び続けている。

それはもともと発声しようとしていたであろう単語の原形をとどめていなすぎて意味不明な叫びだった。

飲食物はあっても立食形式だし、重役もいる。そこまでハメを外す人もいないかと思いきや、そうでもないようだ。お酒に弱く、お酒の失敗が多いくせに飲みたがる人間というのは、人数が多いとやはり少しはいるものだ。

この人は経理の山崎《やまざき》さん。一応面識はある。この人は普段は温厚で、むしろ自律心が人一倍強めに見えるのにお酒を飲むと人格が変わるので有名だった。

山崎さんが風に翻弄《ほんろう》される紙飛行機のような動きでフラフラと歩きまわっていた。

じっと見ていたのでうっかり目を合わせてしまう。すごい勢いで駆け寄ってきた。

「コバっトゥ、さぁあーん！」

山崎さんは小鳩とロボットが混ざったような名称で呼びかけてきた。

「なんでしょう」

山崎さんはわたしの目の前でくるんと一回転してひざまずいた。その目は完全に酔いで正気を失っている。

　山崎さんはわたしの手を両手でぎゅっと握り、口を開いた。

「前から気になってたんれすようぅー！　ボクとっ、結婚しまッしょおぉー！」

「…………ハイ」

「ダメ！」

　城守さんに背後から引っ張られ、速攻で引き離された。

　山崎さんはそのままフラフラと別の女性のところに突撃していき「鈴木《すずき》しゃぁん！　ボクと結婚してぇん！」と言って、無言で顔面を殴打されていた。

「……城守さん、わたしは本当に急いでいるのです……邪魔しないでくださいよ……」

「……小鳩さん、アレ見てよくそれ言えるね」

　城守さんが心底呆《あき》れた目でわたしを見て、深いため息を吐いた。

第六話　ドスケベスケベ焼肉王子とバレンタイン

まだまだ寒さが厳しい二月半ば。

わたしと城守《きもり》さんの喧嘩《けんか》の発端は、焼肉王子との婚活だった。

焼肉王子は城守さんが三澤《みさわ》さんのパーティで会った別部署の若い方ということだった。

「そいつ小鳩《こばと》さんの見た目が好みだとかで……自分は真剣だし浮気は絶対しない男だと、熱心に頼んできたんだよね。新卒だからまだあんまり情報がなくて、少し話しただけだからどうかなーと思ったけど」

「どんな方なんでしょうか」

「んー、若くてやたらとエネルギッシュなやつ」

「食べ物でたとえていうなら、なんでしょう？」

城守さんは少し考えてから「焼肉だな」と言った。

「焼肉ですか……大丈夫なのでしょうか……」

なんとなく、前情報として不安になる形容だった。

「俺もそこまで知らないんだけど……向こうから言われたんだよ。まあ、気に入らなかったら断ればいいんだし、一度会ってみたらいいんじゃない」

そんなやり取りのあとに会った焼肉王子は元気で明るく、言動がいかにも若い印象の方だった。そしてやはりルックスはいい。アイドル系のやんちゃな顔立ちをしていた。

場所は王子の希望で焼肉屋さんとなった。お肉が好きらしい。今回はそこまでよく知らない相手と言うことで城守さんも食事に同席していた。

「小鳩さん、イエー！　オレ前から可愛《かわい》いなと思ってたんっすよー！　いや、マジうれしいっす！　握手しましょう！」

テンション高くそう言って、固く握手した手をブンブン振るさまは、確かに元気な焼肉野郎だった。この明るさに、アウトドアの気配を感じ、わたしは一抹の不安を覚えた。

しかし、その心配は杞憂《きゆう》だった。

「オレ、休みの日は一日中ゲームしてまっす！」

彼はハイテンションなインドアゲーマーだった。ファッションこそスケボーに乗って空に飛んでいきそうな系統だったけれど、しっかりインドア。城守さんはそのへんはぬかりなかった。会う前は少し心配していたけれど、お肉をおいしそうにばくばく食べるさまは健康的だった。気を遣って焼けた肉などをわたしの皿にくれたり、明るく場を盛り上げたりしてくれる。

それからわたしの言ったつまらない反応にもいちいち笑ってくれる。いい人だと思った。

しかし、三十分ほど話していて、ずっと黙って隣にいた城守さんが唐突に「やっぱ断るわ」と言い出した。

「え……」

わたしが、どういうことですか、と聞く前に城守さんが焼肉王子に続けて言う。

「お前には紹介しない」

「……もうされましたけど」

「やかましい！　この取引は無効だ！　加藤《かとう》、飯代は払っとく。悪いが帰ってくれ」

焼肉王子はだいぶ不満そうにしていたけれど、城守さんが頑として文句を受け付けなかったので、名残惜しそうにしながらも帰っていった。

網では誰も触らなかったお肉が焦げていた。

「……何かおかしなことでもありましたか？」

少し不貞腐《ふてくさ》れて聞いた。せっかく相手を連れてきてくれているのに、連れてきたその人が破談にするなんて馬鹿馬鹿しすぎる。

「悪い。俺の見立て違いだった。あれはダメだ」

「どこがでしょうか。ダメも何もまだ何も……」

「あの焼肉野郎は視線と、言うことなすこと全部ダメだった。真面目に付き合う気があるっていうから会わせたのに……あんな露骨に胸元とか脚ばかりジロジロ見て、やたらとベタベタ触ろうとして……あげく速攻で自分ちで酒飲もうとか、アホか！　あんな性欲の強そうなドスケベスケベ野郎はダメだ！」

「す、スケベ野郎が理由ですか？」

「ドスケベスケベ野郎だ。しかもぜんぜん隠そうともしてない。鼻息荒すぎ。あれはダメ」

そう言われるが、わたしにはぴんとこなかった。自分の感覚より先に話を進められて突然壊されたことが釈然としない。

理不尽なものに対するような怒りが薄くわいた。

「スケベスケべって……城守さんだって名高いドスケベ好色男ではありませんか」

「俺はお前と結婚するわけじゃないからドクズでもド変態でもゴミカスでもいいんだよ！でもお前と結婚するやつは誠実じゃないと許さない！」

なんてエゴイスティックな精神構造をしてるんだ……。

「でも、わたしは結婚してくれるならドスケベだろうがド変態だろうが……」

「いや、あれ、たぶん結婚はしないよ」

「えっ」

「あいつ真剣だって言って頼んできたけどさ、それって目先の真剣さでしかないんだよ。その瞬間は真剣でも、すぐ気が変わる。よしんば結婚できたとしても、すぐほかに真剣になるよ。それくらい見てればわかるだろ」

「……考えすぎではないですか？」

「相手をよく知りもしないのに真剣を連呼するところも……直情的な思い込みで生きてる。悪気なく自分でも嘘《うそ》と思わずその場の嘘をつくタイプ。仕事なんかはその集中力が発揮できれば案件ごとに切り替えられていいのかもしれないけどねー……」

「でも……」

「もう忘れて。次行くよ次」

城守さんの決意は固い。覆すのは難しそうだ。なんだかんだお世話になっているので、意見を無視してまで焼肉王子との関係を進める気にはなれない。

しかしわたしは、ここに来て城守さんのこだわりが強くなりつつあるのをうっすら感じていた。もともとうるさかったのが失敗を重ねるたびに厳しくなっていってる気がする。

個人的には、失敗には妥協を覚えて欲しい。

「俺だって、お前がもう少しちゃんと選ぶなら……ここまで先まわりする必要はないんだっての……頼むからもっと真剣に考えろよ」

呆れながら言われてむっとした。

「わたしだって、真剣です。そもそもそうでなければこんなことしてないんです」

けれど、その基準はやっぱり城守さんのそれとかけ離れていた。

「わたしにとっては、祖父が喜ぶのが一番で、そこに間に合うかどうかが最優先なんです」

それなのに……城守さんはわたしの出す候補は却下して、難易度の高い人ばかりを連れてくる。協力したと思ったら邪魔してくる。初対面の人ひとりと会うだけでもエネルギー値が減少するのに……こんなことを繰り返していたら精神がもたない。わたしは、ロールプレイングゲームの村人みたいな人と結婚をしたいだけなのに。贅沢《ぜいたく》を言って邪魔をしているのは城守さんではないか。

だんだんムカムカが大きくなっていく。

怒り心頭に発したわたしは立ち上がって啖呵《たんか》を切った。

「もういいです。城守さんの言う理想に合わせてたら絶対間に合いません。自分で探します」

「あ、待って小鳩さん……待て亜子《あこ》！」

そうして怒ってお店を出た。お会計をほっぽって出てきてしまったので城守さんはすぐには出られないだろう。急ぎ足で歩みを進めた。

わたしはお店を出て数分で、早くも後悔してきていた。

頭に血がのぼって啖呵を切って出てきたけれど、わたしはもともと城守さんがいないと候補すら出せないおひとりさまポンコツロボだ。城守さんは自分に得があるわけでもないのに、わたしの幸せを考えて選んでくれているというのに。

わたしはまた、焦るばかりにスケベでもド変態でも結婚してくれればいいとやけっぱちな思考になっていた。

よく考えたらド変態は少し嫌だ。

焼肉王子が本当にド変態かどうかはわからないけれど、男性の城守さんが言うならド変態の片鱗《へんりん》くらいあったのかもしれない。なにしろ実際わたしは城守さんの言う、スケベで無遠慮な視線にさえ気づかなかったのだ。

なんにせよ、わたしはすぐに城守さんに対して申し訳ない気持ちでいっぱいになってきた。

そこで気づいたのだけれど、わたしは誰かと喧嘩をしたことがついぞなかった。

幼稚園のころだとか、記憶にない時代のことはわからないけれど、物心ついてからの記憶を探っても人と喧嘩をしたエピソードがまったく出てこなかった。

喧嘩しないというのは一見平和的でいいことだけれど、わたしの場合自分の意思を言わず、関わりを閉ざしていて排他的なだけだった。とにかく、まったく喧嘩に慣れていなかったので、我に返ったときに落ち込んだし、どうしようと途方に暮れた。

喧嘩をしてしまったときは、どうしたらいいんだろう。

ずっとひとりで生活をまわしていたわたしには、大抵の人が小学生で通り過ぎてきたような幼稚な悩みに答えてくれる知り合いはいない。

トボトボと歩いていて、通りすがりのお店に目をとめる。おりしも世間はバレンタインを目前にしていて、ショーウィンドウはピンクやハートで可愛らしく飾り付けがされていた。

わたしのバレンタインは毎年祖父にチョコレートを贈り終了する。それ以外は仕事以外でおよそ関わりのないイベントだった。それも先輩方の働きかけにより、女子がまとめて買って全員に平等に配布するという社内の義理チョコ文化は去年から廃止となっていた。

個人的に仲がいい人に渡す友チョコだったり、それからもちろん本命チョコは禁止はされていないが、どちらにせよ友達すらいないわたしには関係ない。

今年の祖父宛のチョコはもう手配済み。あとはせいぜい自分用に買うくらいだった。

それでも、バレンタインは好きだ。バレンタインフェアも、企業が気合を入れた可愛いチョコやおいしいチョコがたくさん並ぶので好きだった。

わたしは落ち込んだ気持ちを少しでも上げようと、ハート形の風船や、ピンクや淡い色のお花で飾り付けられたショーウィンドウに張り付き、しばらくぼんやり見ていた。

そして、突然天啓を得て店内に吸い込まれた。

＊　＊

翌日の二月十四日の月曜日。わたしは仕事を終え、席を立った。

わたしは個人的に残業多めのほうとはいえ、それでも事務方なので極端に遅くなる日はそこまでない。城守さんはだいたいいつも遅いので、おそらくまだ帰っていないだろう。

やはり、今日謝ってしまうのが妥当だ。そのためのものも昨日購入していた。

通勤鞄《かばん》に忍ばせたチョコレートに想《おも》いを馳《は》せて、重いため息を吐いた。

昨日わたしが買ったチョコには『昨日は申し訳ありませんでした。いつもありがとうございます』という短いメッセージカードを付けていた。

呼び出して顔を見て謝るのは緊張する。文字なら余計な装飾なく謝罪の気持ちを素直に伝えられる気がした。

城守さんの事業部のフロアをそっと覗《のぞ》いた。

何人かは外出だったり、社内の別のフロアにいる人や、すでに帰宅している人もいるようで、人は少なめだった。

城守さんは席を外していて、そこにはいなかった。でも机の上を見る限り、まだ帰宅はしていないようだ。少しホッとした。メッセージカードだけだと変だからチョコがあるのはちょうどいいと思ったけれど、正直ビジネスチョコ以外のものは身内以外の異性には義理でもあげたことはないし、柄じゃないし、直接渡すのはものすごく恥ずかしい。せっかく本人不在なのだから、これはさっと机に置いて帰ろう。

しかし、彼の机のすぐ隣の席の男性が普通にパソコンに向かっていた。パーテーションもあるので少し離れた席ならともかく、真横はまずい、いやでも気づく。

総務のロボット女が社内で有名なチャラ男の机にチョコレートを置くところなど、わたしは絶対に、なにがなんでも見られたくなかった。しかし、男性は動く気配がない。

このままここにいても不審者だし、諦《あきら》めて帰ろうか……。

そんなことを思っていると、隣の席の男性がマグカップを持って立ち上がった。

あれは、コーヒーを注ぐ気だ！

そしてコーヒーマシンがあるのは廊下！

わたしはぱっと身を翻し、少し戻ったところで壁に向かってスマホを操作しているふりをしながら息を殺す。そして男性が通り過ぎた瞬間に急ぎ足でフロアに入った。

城守さんの席の前に行くと、机の上に義理チョコらしきものがいくつか無造作に置いてあった。廃止になっても、チャラくても、イケメンは一応もらえるものらしい。

でも、これは都合がいい。わたしのもそこに交ぜてしまおう。隣の人が戻ってきたときに、ひとつくらい増えていても気づかないだろう。

大急ぎで自分の鞄をゴソゴソ探る。気分的なものもあって一番奥に忍ばせていたせいで、チョコレートはなかなか出てこなかった。

これは違う、頭痛薬だ。

こっちも違う、これは文庫本。

どこにあるんだ。急がないと、さっきの人が戻ってきちゃう。

焦って鞄をガチャガチャかきまわすように捜す。

「小鳩さん……？　なにやってんの」

「ひぎゃあっ!!」

急に声をかけられ、びっくりして鞄をひっくり返してしまった。

中身が一瞬だけ宙を舞い、バサバサと音を立てて落下する。

床には鞄の中身が盛大に散乱し、目の前には呆《あき》れた顔の城守さんが立っていた。

「…………はは」

とっさに、乾いた笑いしか出なかった。

城守さんが黙ってしゃがんで床のものを拾い出したので、慌てて自分もしゃがみ込む。

手際よく床のものを拾い、渡してくれていた城守さんがチョコレートに気づいた。

「はい」と言って返してくる。バレンタインにそんなものを鞄に入れてるロボについて突っ込んでこない優しさが逆に気まずい。

「あの……それは、チョコレートです」

「うん？　禁止になったんじゃなかった？」

「城守さん、もらっているではないですか」

「……ん？」

今日の城守さんは察しが悪い。

「わたしがそんなの持っていて、変だと思いませんか」

「え、普通にかい……お祖父《じい》さんにあげるんじゃないの？　小鳩さん、ほかにいないでしょ」

「おりませんが……いえ、そうではなくて……！」

わたしは、ここに何をしにきたんだろう。心の準備もないまま鉢合わせしてしまったがゆえに、言うことがまとまらない。

本来の目的を思い出そうとする。幸いなことに思い出した。

「あの……昨日、ごめんなさい」

「……え？」

城守さんは一瞬きょとんとしたあとに、くすくす笑った。

「あー、もしかしてそれ言いに来たの？　小鳩さん、まじめだなー」

「あとこれは、城守さんに、義理チョコです」

勢いのまま両手で差し出した。

「え、ありがと……」

城守さんが少し意外そうな顔でそれに手を伸ばす。

そのとき、席を外していた男性が戻ってきた。しかし、わたしと城守さんを交互に見て、口元をそっと押さえ引き返そうとした。

「なぁ、おい……これ義理だよ！」

城守さんが男性の背中に声をかける。

一瞬、なぜわざわざそんなことを言うのかなと、思いかけて気がついた。

わたしは緊張で顔面がホカホカになるくらい熱かった。これは外から見たら真っ赤になっている可能性が高い。さらに、急に鉢合わせしたことによる軽いパニックと、柄ではないことをしている恥ずかしさが極まって、涙目で呼吸さえ荒かった。こんな様子で義理チョコを渡す人間はあまりいないだろう。わたしが買っていたのが、わりと高級チョコだったのもある。

これは傍《はた》から見たら完全に本命チョコでチャラ男に告白してる女子社員だった。

「ぎ、義理です！　いつもお世話になっております！　感謝の気持ちでいっぱいです！先日は大変申し訳なく、お詫《わ》びの品でもあります！」

大声で聞こえるように言う。全世界に届いて欲しい。

しかし、ここまで顔が赤いと何を言っても逆効果というか、気持ちを悟られたくない女子社員が照れ隠しで言ってるかのように見えるかもしれない。

「………お疲れさまですっ！」

わたしはそれ以上その場にいられず、脱兎《だっと》のごとく逃げ帰った。

喧嘩《けんか》をするのも、謝って仲直りしようとするのも、バレンタインにチョコレートを渡そうとするのも、こんなに大声で叫んだのも、記憶にない。

城守さんと関わると新体験が多い。

第七話　癒しの風！　ほうじ茶ラテ王子

二月も終盤に入った。

その日の終業後、わたしと城守《きもり》さんはカフェでミーティングをしていた。

今日は双方終わりの時間が少し遅く、それぞれ机で軽食をつまんでしまったため、食事はなしだった。その状況で城守さんが連れてきてくれたのは小さなお店だったけれど、飲み物のメニューが豊富だった。

キャラメルミルクティー、ハニーシナモンラテ、ハーブティーにフルーツティー、結構目移りした。食べ物はほぼ扱っていなかったけれど、お茶を頼むと小さな焼き菓子を添えてくれる。

「その後進展は？」

「なしです」

「そっかー……小鳩《こばと》さんの周りで王子候補いないの？」

「わたしの出す候補はことごとく却下するではないですか……」

そう言いながらも自分の婚活のことだ。改めて考え込む。

手元の飲み物がぬるくなってきている。それを口に入れたとき、ふいに思い出した。

「あ、そうだ。城守さん、わたしこの間社内のカフェで同期の谷沢《たにさわ》くんとばったりお会いしまして」

考え込んでいた城守さんがぱっと顔を上げた。

「え、誰」

「経理の方です。一応顔見知りで、世間話くらいはできます」

「お、仲いいの？　珍しいね」

「そこまで親しくはないですが、新人研修の最終日のあと、同期全員で飲みに行くことになりまして……そのとき駅まで一緒に帰ったことがあるんです」

「へぇ。ほかのやつらは一緒じゃなかったの？」

城守さんが珍しそうに鳶色《とびいろ》の目を軽く見開いた。

「わたしが早く帰りたくて、少し飲んで真っ先に抜けたのですが……そのとき便乗したのが彼でした」

彼はわたしほど図太くなくて、抜けると言い出せなかったようで「助かった」と言われた。

「……んなこったろうと思った。んで、どんなやつなの？」

「谷沢くんは……物腰柔らかで癒《いや》し系の眼鏡イケメンですね。とてもほんわかした方です」

少し考えてから、手元にあったほうじ茶ラテを小さく掲げて見せつけながら言う。

「飲み物で言うならほうじ茶ラテです」

「ほー……で、そのほうじ茶ラテ王子とはカフェで会って、何か話したの？」

「いえ、挨拶《あいさつ》しかしておりません」

「なんだよ……」

若干呆れた顔をされた。あまりよろしくないことだが、この顔ももう見慣れてきた。

「いえ、あのですね、たまたま近くの席に座って本を読んでいたのですが、向こうは男性の同僚と話していて。その会話が耳に入ってきまして……」

「うん」

「なんかもう結婚したい……と言ってました」

「前後の文脈がないとな……誰か相手がいるのかもしれないだろ」

「それが、相手もいないくせに……と苦笑いで突っ込まれておりました」

「………」

「どう思います？　城守さんは谷沢くんのことご存じですか」

「ご存じないけど……一応俺も調べてみるわ」

「それ、必要ですか？」

「必要だから言ってんの！　変なやつだったとしても自己判断で勝手に許容しようとする危ないやつだからな、お前は！」

わたしの婚活なのに、自己判断を否定されている。しかし今はこの人がわたしの師匠のようなものなので黙って頷《うなず》いた。


それから数日後、城守さんが電話してきた。

「谷沢だけど、妙な評判もないし顔も悪くないし、うん。いいんじゃない」

「やはり、そう思いますか」

なんだかんだお墨付きをもらえると安心する。

「見るからに文化系なとこがいい」

「はい」

「ただ、難点を言うなら、誠実で真面目そうな反面、ガードが固そうではある。付き合う候補として俺が紹介するわけでもないから、そういう関係に持ち込みにくそうな感じ」

なるほど。今までは、なんだかんだ城守さんが恋愛対象として紹介をしてくれていた。それがないと結婚への壁がいつもよりひとつ高くなる。

「どうしたらいいでしょうか」

「とりあえず声かけて、どっか遊びにいけば」

「ですから、それ、どうやれば……」

「うーん……まー、顔見知りなら俺が変に間に入るより自分で普通に誘ったほうがいいと思うよ」

「ヒッ」

ここにきて急に自力とか無理。すっかり補助輪ならぬキモ輪頼りになっていた。

「普通にって……一般的にはどうやるのでしょうか」

「適当に世間話でもして、お休みの日は何してんの、とか聞いてさ、映画の話とかに繋《つな》げなよ……」

「待ってください。メモを取ります」

「メモっても会話は生物《なまもの》だよ」

「一応導入部だけでも……」

「お前勉強熱心で真面目だけど、ロボットが人間の知識丸暗記してるみたいでそこも微妙に応用きかないんだよなー……」

「そんなしみじみ言わないでください」

＊　＊

その翌日のお昼、奇跡的なことに社内のカフェテリアでひとりでいる谷沢くんを見つけた。この機を逃すとたぶん何日でも先になるだろう。意を決して近づいた。

谷沢くんはお昼はもうすませたみたいで、文庫本を片手にお茶を飲んでいた。

「たっ、谷沢くん。ご無沙汰《ぶさた》しております」

谷沢くんは声をかけると本から顔を上げた。

「小鳩さん、この間もカフェで会ったばかりじゃない」

そう言って柔らかく笑ってくれた。問題はそこからだった。

「どうかした?」

「はい。あの……」

段取り組みはバッチリだった。まずは久しぶりの挨拶、時候の挨拶からの休日の過ごし方を聞き出す。相手の趣味を聞きつつ、自分はよく映画を観《み》ている、と言い、調べておいた最近話題の無難な映画の話に持っていき、そこからさりげなく誘う。

この段取り組みは城守さんには「モテない男がやりがちなやつ。適当にいけよ……」とゲンナリした顔で呆《あき》れられたが適当にいけるほどのアドリブスキルもないし、なによりそういうのに慣れていない。

しかし、予習が甘かったのかもしれない。

「土曜日に、映画に行きませんか？」

挨拶のあとの流れをすっとばしたわたしの口からは唐突な誘いが出た。

「映画？」

「あっ、はい……人気スターそろい踏みの……アクションと涙と笑いと感動の溢《あふ》れる大作だそうです」

きょとんとした顔の谷沢くんに、公開中の映画のタイトルを告げる。しかし、途中から自分でも何を言ってるのかわからない感じになっていた。

「え、あ、なんか一緒に行く予定の人が行けなくなっちゃったとか？　それ気になってたし、僕でよければ行くよ。最近暇なんだ」

へにゃりと笑ってすんなり頷いてくれた。崖《がけ》から落ちそうになっていたところを極太の荒縄を投げてもらった感じに救われた。

しかし素晴らしく恋愛感のない感じに処理された気はする。

彼はもともとグイグイ来る女子が苦手っぽい。幸か不幸かわたしの性格もあって、まったく警戒されていないからガードが緩かったんだろう。お誘い自体は奇跡的に成功した。

あまりの感動に、そのあと物陰に隠れて速攻で城守さんに電話をかけた。

「城守さん。今大丈夫でしょうか」

「なに」

「谷沢くん誘えました。すごいです……これは、すごくないですか」

「べつにすごくない。結構可愛《かわい》い女の子に誘われたら一応行っとくのがほとんどの男」

ぞんざいに返されて通話を切られた。

わかってない。城守さんはチャラ男だからこの偉業が理解できてない……。

翌日のお昼に谷沢くんがフロア入口に現れた。

何人かはお昼休憩に出ていたけれど、残っていた先輩と後輩数人が集まってざわつく。

「ギャー！　ロボ先輩がいつの間にまた違うイケメン！」

「ロ、ロボちゃんが悪女になった！」

「ひー！　ロボ子、帰ってきて！」

なんだかすごくショックを受けられている。それだけならまだよかったのだけれど、部屋を出ようとしたとき、ざわめきに混じってボソッと低い声が聞こえてきた。

「男と遊んでばかりで……」

背筋が冷えて、そっと振り返る。

自分の席で今にもボールペンを噛《か》みそうな顔をしていたのは最近彼氏と別れたと嘆いていた小室《こむろ》先輩だった。

最年長者で課長の塚本《つかもと》さんが、彼女の言葉を聞きつけて近づいた。

「小鳩さんはやるべきことはきちんとやっているし、人に押し付けたりもしてないわよ」

かばってくれている……。

塚本さんはわたしと目が合うと、さっさと行け、と目配せしたので急いで退散した。

確かにわたしは最近ずっと異常な動きをしている。付き合いも悪くお仕事専用として置かれていたロボットが、突然イケメン捕獲ロボみたいな動きを始めたら周りだってびっくりするだろう。

こんなことを繰り返さずにさっさとひとりの結婚相手を見つけなければ……わたしはどんどん遊び人ロボになってしまうだろう。焦る。谷沢くん、結婚してくれないだろうか。

そう思って顔を見る。

「ごめん、連絡先、同期のグループ全体のしか知らなかったから」

谷沢くんはよくわかってないようだったけれど、自分が来たことで騒がれたことにどことなく申し訳ない様子で謝ってくる。

「あ、ごめんなさい、気づかなくて。わたし、連絡先は知ってるつもりでいました」

「それ、僕もだよ」

はは、と谷沢くんが笑う。

そのままフロアを出て、三階まで降りて共用休憩スペースに移動した。そこで顔を突き合わせ、改めて連絡先を交換した。

たまたま城守さんが少し離れた通路を通りかかる。城守さんはスマホを眺めている谷沢くんに気づかれないように、片方の拳《こぶし》を軽く上げて、ロパクで何か檄《げき》を飛ばして去っていった。

「そういえば小鳩さん、ロボ子って言われてるの？」

「はい……わかりますか？」

谷沢くんは数秒考えたけど「あんまり」と言って笑った。

なにはともあれ無事に連絡先も交換し、デートの約束もできた。

三月某日の土曜日。

午前十一時十分前。待ち合わせ場所着。

谷沢くんは五分前に現れた。挨拶を交わす。

「小鳩さん、普段からよく映画観るの？」

「はい」

友達と出かけたりしないし、趣味がインドアなものばかりだから。

「家で観れるのでお薦めとかある？」

「それなら、たくさんありまして……」

前回とばしてしまった映画の話題をスライドさせることに成功した。そして、話してみると彼もかなりの数、同じ映画を観ていることが判明した。

そのほかにも谷沢くんは同じ本を読んでいることも多く、似たような頻度で自炊をしているので簡単な料理の話もすることができた。

谷沢くんはおしゃべりなほうではないので、会話が続かなくてすごく気まずくなったらどうしようと思っていたのは杞憂《きゆう》だった。イケメンといっても威圧感がまるでないタイプなので、緊張感が薄かったのもある。なんとなく知っていたけれど、ちゃんと話してみてもやはりとてもいい人だと感じた。

思いのほか会ってすぐ待ち合わせ場所で話し込んでしまい、映画の時間が近づいたので歩き出す。

映画館に向かう道の途中、素敵なカフェが目に留まった。

外装の緑の配置の仕方とか、扉の形とか壁の色とか、すごくいい感じだった。内装はどんな感じで、どんなメニューがあるのだろう。

行きたい。

わたしはいつものように思った。

今度、ひとりで行こう。

谷沢くんと、映画館でつつがなく映画を鑑賞した。

映画デートのいいところは、メインの映画鑑賞はひとりだろうが二人だろうが変わらないところだ。観るだけなのでうまくできないということもない。

「小鳩さん、誘ってくれてありがとう。面白かったし、久しぶりに休みに外に出て、いい息抜きになったよ」

「谷沢くんは、わりと家にこもってしまうタイプなんですか？」

「うん。家でできる趣味ばっかりだから。いつも気がつくと休みが終わってるんだよね」

「大人になると飲む機会も減るね」

「そうなんですか」

なんとなく、彼とは似たものを感じる。

「友達と遊びにとか、昔はたまに行ってたけど、僕はお酒の席が好きじゃないから、大人になってどんどん機会がなくなったんだよね。昔は誘い文句が遊ぼうだったのが、大人になると飲もうになるじゃない？」

「ああ……」

「自分から誘えばいいんだろうけど、それもしないから、こうやってただ遊びに出ること自体が減っちゃって……小鳩さんは？」

「わたしは遊びには、たまにひとりで出てますね」

「それはえらいよ」

「えらいですかね……」

「うん、やっぱ少しくらい外、出ないとねえ」

話していたら、駅が近づいてしまった。

「お茶でもして帰りませんか？」

このまま解散になりかねない流れに、慌てて誘うと彼は頷《うなず》いてくれた。

わたしと谷沢くんは目の前にあったフランチャイズチェーンのカフェに入り、それぞれお茶を買って、席に座った。

店内には小さな音で音楽が鳴っている。

わたしは困っていた。

わたしはこの鈍感ほうじ茶ラテ王子に、結婚を考えてもらわねばならない。しかし、なんだかそれを申し込むのは気が引けた。

谷沢くんは一緒にいて楽だし、気負わない。いい人だ。けれど、だからこそ色恋を持ち込んで関係を壊したくないような気がする。今、彼はまったく警戒していない。でも、恋愛を匂わせた途端に気まずくなる予感があった。正直なところわたしはこの人に交際も結婚も申し込みたくない。そんなことをするのは申し訳ない。それをするのは裏切り行為のような感覚さえある。いい人過ぎて辛《つら》いという意味不明な状況だ。気は重くなるばかりだった。

でもわたしは祖父を安心させたい。そのために、なんとかがんばりたい。映画に来てくれたということは、嫌いではないはずだ。やるしかない。

しかし、わたしは色気のある雰囲気に持っていく方法がわからない。谷沢くんは鈍感力も高そうだし、自然な流れで意識させるのは難しいだろう。

開き直って事務的に事実確認していくことにした。

「あの、谷沢くんは……結婚をしたいんですか？」

「えっ」

「この間、カフェで、ちょっと聞こえてしまって……少し意外だったから」

「あーうん……小鳩さんみたいな人だから言えるんだけど……」

「うん？」

「僕ね、ずっと……高校からの彼女と付き合ってたんだけど……」

「けど……？」

その導入から先はなかなか出てこなかったけれど、結論としてはその彼女とは半年前に別れたということだった。恐ろしく元気のない声で教えてくれたが、正直その前の沈黙の長さで予想済みではあった。

「喧嘩《けんか》別れで……すぐ謝ればよかったんだけど、最初は意地張ってて、グジグジしてるうちに時間が経《た》っちゃって、こうなるともう向こう彼氏いるかもしれないしで、怖くて連絡できなくて……でも」

谷沢くんは「忘れられないんだ」とはっきり言った。

その言葉はなんだか彼にとても不似合いで、だからこそ生々しく響いた。

「……こんなことなら……結婚しておけばよかったって、思ってる」

「え」

「あのときは年齢的にまだ少し早いとか、余計なこと考えてたんだ」

相手は、いないけど、いたらしい。

「新しい彼女とか……一度も考えなかったのですか？」

「……まさか。もともと彼女なんて、いなくてもかまわないし。わざわざ無理に作ろうとは思わないよ」

その気持ちはすごくよくわかる。

そしてそれゆえに、彼にとって彼女がとても特別なこともわかった。

以前、オムライス殿下に恋をする梶原《かじわら》さんを目の当たりにしたときは、彼女はいつも熱い恋愛をしている、自分とは違う人種なのだと思ってしまった。だから自分には無理だと思った。

でも今は、梶原さんのときと同じように思えなかった。

谷沢くんが自分と似たタイプなのもあるかもしれない。彼にはマイペースなおひとりさま体質の片鱗《へんりん》を感じる。彼はたぶん、放っておけば何年もひとりで過ごしてしまうような人だ。

そんな人がきちんとひとりを見つけて、ずっと想《おも》っている。

わたしはそのことに、ある種の感動と、羨《うらや》ましさを感じていた。彼はわたしのように誰でもいいから結婚したいのではなく、結婚したいたったひとりがいるのだ。

「がんばってみたらいいです」

そこはかとなく物思いに沈んでいた谷沢くんがわたしの声に「えっ」と言い顔を上げる。

「連絡してみたらどうですか」

「いや……それはでも……」

「わたし、恋愛体質でなくて……たぶん谷沢くんもですよね」

「うん……まぁ、付き合ったのも……好きになったのも彼女だけだし、あまり惚《ほ》れっぽくはないと思うけど」

「わたしは本当に、そういうのぜんぜんなくて……だからもしこの先の人生でそういう人と会えたら、心底貴重な相手だと思うんです」

恋愛の機会が多い人と少ない人はいて、環境も起因するけれど、なにより性格の部分が大きい気がする。環境を作るのだって性格だ。

「谷沢くんはこのままだと絶対後悔します」

谷沢くんはカップの取っ手をウリウリ弄《もてあそ》びながら、こちらを見た。

「で、でも……向こう、もう誰かいるかも……」

「いたとしても。このままだとどうせ消滅したままでしょう」

「…………」

「ごめんなさい。他人事《ひとごと》だからと無責任に……」

「いや、その通りだと思う」

短く言って、彼はテーブルにスマホをコトリと置いた。それから眼鏡を外して拭《ふ》き、息をふうと吐いた。

そうして再度スマホを手に取りしゅしゅ、と指先で操作し、女の子の名前を表示させてこちらに見せてきた。

「え……今ですか？」

「うん……こういうの、勢いかなって」

確かに、早いほうがいいかもしれない。家に帰ったらクールダウンしてしまうかもしれないし、見張りがいたほうがやれるかも。

わたしは他人事ながら少しどきどきしてきた。拳《こぶし》を作りコクコクと頷いて動きを促す。

しかし彼はスマホを数秒眺めてハァ、とため息を吐いて結局またテーブルに置いた。

「…………」

わたしの拳は握られたまま、なんともいえない沈黙が流れた。

数秒後、谷沢くんはまたスマホをバッと構えた。自らの人差し指を中空にふわふわと彷徨《さまよ》わせる。

「谷沢くん……がんばってください」

「………」

しかし、彼はそれをまたテーブルに置いて眼鏡を眼鏡拭きでキュッキュッとした。もう眼鏡は一点の曇りもなくピカピカだった。

彼の顔面には苦悶《くもん》としかいいようのない表情が浮かんでいて、うっすら汗をかいている。事情を知らなければ「具合が悪いのですか？」と聞いてしまいそうだ。まぁ確かに、かけた先でもう彼氏がいた場合や、そっけなくされたらと思うと怖いだろう。

「……ははっ」

谷沢くんが意味のない乾いた笑いをもらし出したので、わたしはもう、この人は無理なんじゃないかと思った。この挑戦を止めないとおかしくなるんじゃないだろうか。

「谷沢くん、やはり……やめておいたほうが……」

彼は青白くなった顔で呆然《ぼうぜん》とスマホを見つめていたが、静かに首を横に振る。

それからやにわに思い切った顔で、またスマホの画面をこちらに向けてきた。

「こっ、小鳩さんっ……」

「はい」

「お、押して！　通話のとこ、押して！」

「えぇ……」

そんな重要な役割を突然任されても……なんだか怖いではないか。

「お、押してー！」

「わかりました。押します」

覚悟を決めて人差し指をぴんと立てた。他人事だから覚悟が決まるのが早い。

その瞬間谷沢くんがスマホをサッとテーブルに伏せた。

「た、谷沢くん、逃げないでくださいよ」

腕を伸ばして奪いにいくと、今度は自分のスマホを高々と掲げて届かないようディフェンスしてくる。

「くっ、谷沢くん……」

「ここ小鳩さん、やっぱまだ早い！　まだ早いんだよ！」

「半年経っててこれ以上早いもないです」

ふん、てい、と鼻息荒く指を伸ばすが谷沢くんがひらり、ひらり、とスマホをかわしてくる。

「待って！　待って！　よく考えよう！」

「先ほど熟考した結果こうなっています」

「き、今日は、喉《のど》の調子が……」

「せやっ！」

身を乗り出してプルプルする指で通話ボタンをタップする。

届いた！

谷沢くんはその瞬間「ヒェッ」と小さな声をあげてスマホをぱっと耳に当てた。

それからすぐに「ヒィッ！　もしもし！」と震え声を絞り出した。

これはかなり早く出た気がする。何を言っているかまではわからないが、女の子の声がわずかに聞こえる。

電話が繋《つな》がってから谷沢くんはずっと「うん……うん」と相槌《あいづち》をうっていたが、やがて赤くなり、小さな声で「僕も……」と言って顔を隠すようにテーブルに伏せてしまった。

「え、今？　今……カフェだけど」

彼が引きつった顔で焦ったようにバッと顔を上げた。

わたしは立ち上がって自分のカップとトレイを持ち、帰ることをゼスチャーで伝えてさっと店を出た。

足取りは軽く、ホンワカした気持ちでいっぱいだった。

よかった……。本当によかった。

素晴らしい瞬間に立ちあってしまった。頬がほころんで戻らない。

あまりにご機嫌ですぐに城守さんに報告の電話をかけた。

城守さんはすぐ電話に出た。

「城守さん、わたし、デートをしてきました」

「うん、ご機嫌だね。なんかいいことあった？」

「はい。ありました。谷沢くん、本当に一途《いちず》な方みたいなんですよ」

「それはいいね」

「あのですね……谷沢くん、半年前に別れた彼女がずっと忘れられなくて……応援したらその場で連絡したんですよ。そうしたら向こうも会いたかったようで……」

「…………は？」

「谷沢くんきっと、復縁できるのではないでしょうか」

「……えは何を……」

「……え？」

「お前は何を喜んでいるんだ！　馬鹿野郎！　結婚！　したかったんじゃないのか！」

「……あ」

「もういい。ミーティングだ。亜子《あこ》、キサマ今すぐ出てこい！」

出てくるも何もわたしはまだ外にいた。あまりにルンルンして帰宅する前に電話をかけたのだ。普段連絡不精なのに、よほど浮かれていたんだろう。

「あっ……わたし、行きたいお店があるのですが、そこでもよろしいでしょうか」

「どこでもいい。その腐った性根を叩《たた》き直してやる」

お店の場所と名前を伝えると「三十分後に集合」とだけ言われて切れた。


かくして、わたしは城守さんと素敵なカフェで向かい合っていた。

城守さんは不機嫌だったけれど、わたしはこれでもかとご機嫌だった。

「城守さん、このお店、素敵ではないですか」

「……え？」

「さきほど谷沢くんと歩いてて、通りすがりに、すごくいいなと思ったんで、最初はひとりで行こうと思ったんですけど……城守さんにも教えたくなりました」

城守さんは来たときからずっと阿吽《あうん》像の吽のほうみたいにムスッとしていたけれど、わたしに言われて店内を見まわした。

「城守さんもこういうお店好きでしょう。最近城守さんの好みも少しわかってきたんです。うまく言語化できませんが、アンティークだけど、甘すぎない大人っぽさがちょっと入ってるような感じといいますか」

城守さんはわたしの顔をしみじみ見て、力の抜けたため息を吐いて怒りを鎮めた。

「……で、なんでそんなことになったの。まずは反省会から」

「はい。城守さん、わたし、愛を学びました」

「……はぁ?」

「谷沢くんを見ていたら、たったひとりの好きな人と結婚をしたいと思えるのは、すごく素敵なことだと思いました」

「……うん? やっとそこかよ」

「わたしも、もし……合う人がいれば、いつか……」

そこまで言いかけて、ふっと我に返った。

「……なんでもないです。今のは忘れてください」

「いやいや、なんでやめんの。好きな男見つけようよ」

「いえ。それをやろうとすると、やはり推定十年はかかると思うんです。だから……ただの憧《あこが》れです」

自分と似たところのある谷沢くんが、数多くの恋愛をするのではなく、ひとつの恋愛を大切にしている。

そんな様子は思いのほかわたしの胸を打ち、素敵だなと思わされた。

もしかしたら自分にも、時間さえあればそんな恋ができるのではないかと、そんな憧れが芽生えてしまったのだ。

でも、わたしにはそんな時間はなかった。

第八話　ありがたき静謐！　せいろ蕎麦王子

三月も半ばに入り、冬の寒さが少しだけ和らいできたころ、わたしは城守《きもり》さんの紹介で、五人目の王子と面会をすることになった。

城守さんは「うーん」と少し迷ったあげく「せいろ蕎麦《そば》王子！」と威勢よくコードネームをつけた。

「せいろ蕎麦ですか」

一体どんな方なんだ……。焼肉と違って想像しにくい。

城守さんは重ねて重々しく答えた。

「あいつはもり蕎麦でもざる蕎麦でもなく……せいろ蕎麦だ」

「せいろですか……」

「せいろだ」

城守さんの名付けはだいたい雑なので、いつもぴったりとまでは行かないが、そこまで的を外してもない。ますますわからなくなった。

この、せいろ蕎麦王子は城守さんが直《じか》で仕事を教えた後輩らしく、年齢は二十四歳。無口なわりに相手の意図や場の空気を読むのがすごくうまかったのが決め手らしい。

真面目で実直。もくもくと仕事をこなすさまは、饒舌《じょうぜつ》な人間にありがちな口のうまさはないけれど、気がつくと自然に信頼を勝ち取っているタイプだという。

お店の前で引き合わせてもらった彼はかなりの短髪で、キリッとした顔は無駄なく造作が整っていた。顔立ちだけだとヤクザの鉄砲玉のようにも見えそうなのに、不思議と無口な僧侶《そうりょ》のような静謐《せいひつ》さも同居している。独特な雰囲気があると聞いてはいたが、確かに不思議な感じだった。どこか禁欲的なような、ありがたい感じがある。

城守さんは「じゃあ俺、帰るね」と言って数歩行ってから振り返り、手招きしてわたしを呼んだ。

「……大丈夫そう？」

城守さんが少し心配そうな顔でわたしを覗《のぞ》き込む。

「はい。ありがとうございました」

「うまくいったら連絡して」

「はい」

「それから、うまくいかなくても連絡して」

「はい」

「なんかあったら」

「連絡します」

思わず苦笑いしてそう言うと、城守さんは頷《うなず》いて、帰っていった。

食事をすることになったお店はお蕎麦屋さんだった。

「このお店は小鳩《こばと》さんが選んだんですか？」

「いえ、城守さんです」

「ああ、そうですか……大通りを一本外れただけで、静かで、よい店ですね」

「そうですね。城守さんらしいお店だと思います」

「……らしいとは」

せいろ蕎麦王子が思わぬところに引っかかって聞いてくる。言われてみれば、少し妙な表現だったかもしれない。

「らしいというのは……城守さんのお好きなお店は、チェーン店ではないけれど、有名店でもなく……少し変わった外国のお菓子を置いている小さなレストランだとか、本やレコードがたくさんあるカフェだとか、川辺にあって景色や雰囲気がいいとか、ひとつくらい、ちょっとうれしくなる要素がある、何気ないお店が多いです」

せいろ蕎麦王子は「なるほど」と言って店内を見まわした。

お店はお座敷《ざしき》で、華美な装飾はないが、お花がそっと置いてある。窓の外は庭になっていて小さな池があり、そこにもささやかな飾り付けがされていた。居心地よく、また来たくなる落ち着きがあるお店に感じた。

席についてからも急いで話しだすことはなかった。

ただ、彼は口数が少ないのに沈黙を気詰まりな空気にさせない雰囲気があった。むしろ、ペラペラしゃべるのを遠慮してしまう。

やがて来たお蕎麦を食べた。

小鉢と天ぷらがついているせいろ蕎麦だ。器や盛り付け方に品があって華やかで、食欲を増進させる。薬味をつゆに入れて、お蕎麦を少量箸《はし》で摘まむ。口元に近づけると、お蕎麦のよい香りがふわっとした。

「お蕎麦、おいしいですね」

「そうですね。こんなにおいしいのだから、城守さんも食べていけばよかったのに……」

思わずこぼした感想に、せいろ蕎麦王子はわたしのほうをちらりと見た。

「実は、不思議に思ったので、小鳩さんとお会いする前に城守さんに聞いたんです」

「そんなに推すのに、なぜ、城守さんは付き合わないのですかと」

「何をでしょう？」

「え、そんなことを聞いたんですか……？」

なぜだか胸のあたりがざわっとした。

「俺は、あの人は愛想がよくても、根っこの部分がドライな人だと感じてまして……身内でもないのに他人の結婚に執着する理由がわからなかったんですよ」

「結構世話焼きで……暑苦しい方だと思いますが」

「逆に、小鳩さんはなぜ、城守さんに相談したんですか？」

言われてみれば、わたしのようなタイプが、城守さんに相談をしていること自体が傍《はた》から は妙に見えるかもしれない。その気持ちは少しわかる。

「わたしは、事情があって……急ぎで結婚相手を見つけなければならなくて……」

せいろ蕎麦王子の誘導に乗せられたのか、気がつくと本来婚活相手に言う予定ではなかった裏事情に言及してしまっていた。口がうまいというのは饒舌《じょうぜつ》さではなく、こういう、つい口を滑らせてしまう雰囲気がある人のことを言うのかもしれない。

「城守さんに相談したのは、たまたまだったのですが、きちんと話を聞いてくれて、もしかしたらわたし以上に真剣に向き合ってくれました。それに……わたしは恋愛のことがまったくわからなかったので、すごく、助けてもらってます」

「……まったくわからなかったんですか？」

「はい。そういう生き方をしていましたから……実は、恋愛経験ゼロなんです」

「片思いも？」

「ありません」

せいろ蕎麦王子は一瞬目を細める。その表情は別に馬鹿にしているわけでもなく、珍しがる感じでもなく、ただ、観察するような感じだった。

彼はまたしばらく手元のお蕎麦に集中するように、黙って食べた。だからわたしもお蕎麦を味わった。

そうして綺麗《きれい》に食べ終わったころ、再び彼が口を開いた。

「俺が高校生のころ、友人に恋愛音痴の人がいました」

唐突な昔話に目を丸くして尋ねる。

「恋愛音痴、ですか」

「ええ。彼は好きな人がいるのに、本人が気づいていなかったんです」

「そんなこと……あるんでしょうか」

「あります」

「本人がそうでないと思っているなら、それは好きではないと判断してもいいのでは」

「やたらと視線を向けて、話しかけて、その子の話題が出ると食いついて……少しでもネガティブに言われると怒るんです。俺は比較的目線や表情や物言いからそのあたりを察するのは得意なほうなんですが、そのときは、周りもみんな気づいてました」

「なるほど」

「そういう人は自分の感情に鈍いんですよね。なぜか、自分が恋愛するなんて思ってなかったりして、気づくのが遅いんです。また、想《おも》われていても、なかなか気づかない」

なんの話だろうと思って顔を見ると、彼もわたしの顔をじっと見た。

「だから、そういう人には時間が必要なんです。小鳩さん」

「……はい？」

「小鳩さんには……事情があるようですけど、本当はじっくり時間をかけて婚活したほうがいいんじゃないですか。焦ると見えなくなるものはたくさんあるでしょう」

歳下《としした》なのに、気がつくとすっかりお説教されていた。それも彼の声音だとありがたい説法を聴いているような気分になる。色々忘れて思わず拝みそうになった。

食事を終えて、お店を出た。

「今日、来ていただいて、ありがとうございます」

お礼をいうと、ずっと無表情だった彼が、ふっとわずかに苦笑いを見せてくれた。

「俺は結婚願望が強いから、それを話したら城守さんが食いついたんです。結構な勢いでしたよ」

なるほど。ぱっと見はとてもそんなふうに見えないから除外されていたのだろう。ここに来て彼の存在が浮上した理由がわかった。

「まだお若いのに、結婚したいのですか？」

「俺はフラフラしてないで早めに結婚して身を固めて、生活を安定というか……固定させたいんです」

しっかりした口調で言い切る。彼には彼のビジョンがあるらしい。

「小鳩さんは、本当に結婚したいんですか？」

せいろ蕎麦王子は見透かすような目でこちらをじっと見た。

思わず視線を逸《そ》らしてしまう。

「…………しなければと、思っています」

したいと答えるべきだったろうか。それでも、わたしはこの、異様に察しのいい人に嘘《うそ》をついても無駄だと感じてしまい、正直に打ち明けた。

「俺は……今日会って、もう少し時間を共にすれば小鳩さんのことを好きになれると感じましたし、よければお付き合いしたいと思いましたけど……」

「本当ですか」

せいろ蕎麦《そば》王子はこちらをじっと見て黙った。

そして、冷静な瞳《ひとみ》で山頂から沼へ叩《たた》き落とした。

「でも……俺ではないと思いました。申し訳ない。お力になれそうもないです」

「え……」

「小鳩さんは、結婚の前にきちんと好きな人と向き合ったほうがいいです。誰かと付き合ったあとでそういったものに気づかれても、面倒ごとにしかなりません」

きっぱりとお断りを告げ、深々と頭を下げた彼は振り向きもせず去っていった。

そのまま立っていると、おでこにぽつりと水滴の感触があり、上を見ると雨が降ってきていた。

少し……独特な振られ方をしてしまった。

振られた理由もよくわからなかったけれど、彼はわたしに好意を持てそうだとは言ってくれていた。わたしは急いで結婚相手を探すあまり、相手を好きになろうという前向きな気持ちがなかった。話してみて、それを読み取られたのだろうと結論付けた。

せいろ蕎麦王子に超速で振られたわたしは金曜日の夜、城守さんとイタリアンバルで向かい合って座っていた。そこは珍しいクラフトビールをたくさん扱っているお店だったけれど、それらの味の区別がつかないほどにわたしは落ち込んでいた。

時間がないわたしにとって、情も何も芽生える前に、無駄に期待を持たされないのはありがたいことだ。だからせいろ蕎麦王子のこと、そのもので落ち込んでいるわけではなかった。

彼に限らずわたしは今まで会った誰とうまくいかなかったことに対しても、そのひとつひとつには全て納得していた。今考えても自分にどうにかできたとは思えないし、どうにかしたかったという無念もなく、後悔はひとつもない。

しかし、やはり振り返ってみると失敗が続いている現実と結果だけが目に入る。

どんな言い訳をしようとも、わたしは、九月からこの三月まで、およそ半年もかけて、失敗しかしていなかった。結婚以前に、付き合うところにまでこぎつけていないのが致命的だった。その事実には無条件で落ち込む。

「城守さん、わたし……婚活、簡単とまではいかなくても、ここまで厳しいとは思っておりませんでした……」

「いや……結婚だからなぁ……難しくて当たり前だって」

「なんというか、いよいよ不可能な気がしてきました」

「まだぜんぜんいけるよ。そのうちスルッとうまくいくときが来るって」

「これだけお会いしてたら、普通の人ならひとりくらいお付き合いしてると思いませんか？　みんないい方達で、いつかは誰かと結婚するのだと思うのですが……」

　ことごとくわたしはその相手にはなれなかった。

　自分が目指すものに対して、とことん向いていない性質だということがいよいよ浮き彫りになってきた気もする。そしてそれ以上に単純に、穴を掘って埋めるような、失敗の繰り返しに心が消耗してきていた。

「こんだけ人がいて、結婚相手はひとりだけなんだから、合わないやつのほうが多くて当然だろ。そん中から自分に合った人間をみつけるのが婚活なんだよ」

「合う人なんて存在しませんよ。やっぱりわたしには無理なんです……生まれながらに社会性が欠落しているんです」

「んなことないって」

「もう……あきらめて……祖父を説得……」

「大丈夫だっていってんだろ！　このウジ虫野郎！　ウジウジしやがって！　俺がついてんだから自信持ちやがれ！」

城守さんが逆ギレした。ついてる人の基準がわたしと違うのも問題なのに。

「お前みたいな金持ちで顔もいいようなやつに落ち込む権利はない！　世の中にはなんの罪もないのにハゲでモテなくて悩んでるやつもたくさんいるんだからな！」

薄毛の方を引き合いに出される意味がわからない。

「ったく……亜子《あこ》はどうしたら元気でんの？」

「この不毛な婚活をやめればすぐにでもフル充電されます」

「今やめたらさぁ、自分は誰とも関われない人間なんだって思い込みが強くなるよ」

「はぁ……」

「俺は正直結婚なんて、人に言われてするもんではないと思うけど……せっかく始めたんだし、やめるならもう少し自信をつけてからにしなよ」

「成功すればもちろん自信はつきますが、そうするとやめる必要はないのでは」

「違う。もっとさ、誰とでも結婚できるけどきちんと自分が選ぶ自信、振られても合わなかっただけだなって思える自信を持つの。そしたらやめてもいいと思う」

確かに、やめるならもっと早くやめていればよかったのだ。ここまで来てやめたら本当に自信を失うだけの作業だったことになる。

「まぁ、気分転換でもしてさ……」

確かに、このうつろな気分は少しでも転換させねばならないだろう。

しかし、その方法を考えることすら億劫《おっくう》だった。

「そうだ。俺、明日《あした》墓参り行くけど、一緒に来る？」

城守さんに言われてどんよりした顔を上げる。

「最近は、そういうのも流行《はや》っているのですか？」

「え、なにが」

「お墓参りデート……」

「まさか。さすがにデートで墓参りに誘ったことはないし」

「ではなぜ墓場なんですか」

「もうすぐ命日なんだよ。毎年その辺りには行ってんの」

「あ……」

思い当たる。城守さんのお母様。

「車で行けるけど、それでもかなり遠いから、来てくれると俺の暇つぶしにもなるし。周りなんもなくて、のどかだからわりといいんじゃないかと思ってさ」

「……行きます」

＊　＊

今日は婚活のことは考えない。そう決めて城守さんのお墓参りに同行することにした。それでも家を出る前は少し億劫な気持ちがあったのだけど、外に出てみると天気がよくて解放感があって、籠《こも》らなくてよかった気がしてきた。

晴れ渡る空の下、まだ三月半ばではあるけれど、その日は風や空気がすっかり春めいていた。途中、車窓からは雄大な日本アルプスが目に入った。高速道路に乗るのも久しぶりで、そのときも少しわくわくした。

わたしは大人になってからはずっと、自分の苦手を含むようなことはことごとく避けて生活していた。それができる環境になったことがうれしかった。

でも、おそらくストレスを避けるがゆえに、新しい楽しみの類《たぐい》も失っていた。

億劫ながらにやってみて、意外と楽しかったこと、そんなものが十にひとつくらいあって、印象深い思い出はそのときのものが多い。

洋服は高校時代に友人数人で出かけた唯一の思い出の中で、楽しそうにお洒落《しゃれ》について語る級友に影響されて買うようになった。映画だって最初は家で観《み》ればいいと思っていたのに、祖父に誘われ、大きな劇場の特別席で観てからは時折映画館に足を運ぶようになった。

そんな、十にひとつの感覚をふわっと思い出した。

今日はそんな日になる気がする。

わたしはすっかり、仕事からも婚活からも離れて羽を伸ばすような気持ちになっていた。失敗続きの婚活のことは、脳のフォルダの奥のほうに入れて、開かないように鍵《かぎ》をかけることにした。

途中、サービスエリアでお昼を食べて、さらに走る。

話すこともなくなってじっと外を見ていたころ、そこに到着した。

城守さんの家のお墓はいわゆる墓地にはなかった。山道の途中の原っぱみたいな、変なところにあった。とはいえほかにも墓石はいくつかあったので、一族か近隣の集合墓地ではあるのだろう。

城守さんが墓石にお線香とお花を供え、手を合わせながら、話しかける。

「よし。母さん、仇《かたき》はとってやる。…………この女でな！」

「人で仇《あだ》を討つ気満々ですね……」

直接仇《あだ》を討てるわけでもなかろうに……。

時間をかけて来たわりに、お墓参りはすぐ終わってしまった。お墓自体も、先に誰かほかの人が来たのか手入れされていて、掃除の必要もなかった。

「もう、いいのですか」

「うん。そうだ、せっかく来たし、寄ってく？」

彼がひょいと指差した先には大きな日本家屋があった。

「どうせこのへん店もなんもないし。疲れたでしょ」

「あそこはどなたのお家《うち》なのですか」

「俺の、じいさんと、ばあさんの家」

そのまま、家の前に行く。近くで見るとよくわかるけれど、立派な家だった。築年数はかなり古そうだけれど、きちんと手入れされている。庭も広くて、いろんな場所に草木や花で飾りがされている。

家のすぐ隣に小さめの家屋があった。

「あれは、離れですか？」

「うん。じいさんは陶芸家だから、あっちはアトリエ」

「へぇ……すごいですね」

城守さんは門を入ってどんどん進み、雑に呼び鈴を押した。

しかし、反応はなかった。

「お留守でしょうか」

「耳が遠いか……いや、これ壊れてるな」

城守さんは呼び鈴をスコスコ押していたが、諦《あきら》めて引き戸をバンバン叩《たた》き始めた。

「じいさん！　じいさーん！　いるかー！　出てこいジジイ！」

やがて、奥から人がゴソゴソ動く気配がして、パチリと鍵が開けられた。

城守さんが扉を勢いよくガラガラ開ける。

そこにはお爺《じい》さんがいた。

「……そろそろ来ると思っていたぞ……」

「なんだよその台詞《せりふ》。悪の帝王かよ。あがるよ」

「おじゃまいたします……」

「あ、こちら小鳩さん。こっちは俺のジジイ！」

城守さんのお祖父《じい》さまは「どうも、ジジイです」と言って笑った。

わたしの祖父は歳《とし》のわりに若々しく、キリッとした老紳士系だけれど、城守さんのお祖父さまは、それとはまたタイプが違う。白い髭《ひげ》が少し長くて、仙人みたいな人だった。

奥から可愛《かわい》い老婦人もひょっこり顔を出した。

「蓮《れん》くん、いらっしゃぁい。そちらの可愛い方も、入って。そろそろ来ると思って待ってたのよ」

「待ってたなら呼び鈴を直しておいてよ」

「先に連絡くれたら直しておけるんだけどねぇ……蓮くん直していってくれる？」

こちらの笑顔が可愛い方は城守さんのお祖母《ばあ》さまだろう。

「いいよー。どうせ電池切れでしょ」

「ありがとうね。どうぞ、そこ座って。おいしいお茶とお菓子持ってくるわ」

畳敷きの居間に通されて、彼のお祖母さまは奥に消えた。

わたしは城守さんの隣に座り、木製のローテーブルを挟んだ向かいに彼の祖父が座っていた。

「先に聞いておきたいんだが……蓮司《れんじ》、そちらの、小鳩さんはお前の恋人なのか？」

「違うって。会社の後輩。俺今彼女いないし」

「じゃあ、特に誰とも結婚の予定はないんだろうな」

お祖父さまが確認するように聞く。よくあるお決まりの世間話にしては、口調が硬かった。

「しないから安心して」

城守さんはムスッとして答える。

「うむ、そのほうがいいだろうな」

お祖父さまは深く頷《うなず》く。

どうもこの様子だと、彼のお祖父さまは彼に結婚をして欲しくないようだった。

不思議に思って見ているとお祖父さまがおほんと咳払《せきばら》いをして言う。

「知ってるのかどうか……こいつは、蓮司は昔っから……幼稚園の年長時代にはもう複数の子と結婚の約束をしているようなやつでね……」

「あぁ……」

「小学生になったらプロポーズはやめたが……一年生のときにはもう彼女がいたとかなんとか……その彼女もコロコロコロコロコロ、すぐ変わる……」

驚くほど今と変わらない。

「はいはい。俺は誰かを幸せにとか、どうせできないしね。人を不幸にしないため、結婚なんてしないから、安心してよ」

城守さんの投げやりなその言葉はどこか自虐的に聞こえた。

「小鳩さんは、その辺をちゃんと知っておられるのかな」

結婚するわけでもないのに反対されている。まぁ、普通はただの後輩を連れてきたりはあまりしないだろうから無理はない。

しかし、一応そういうわけではないと伝えてある上で、なにかしら言葉を求められている。数秒考えて口を開いた。

「わたしは……蓮司さんのことは、人づてに耳に入ってくるものと、わたしが関わった範囲でしか存じておりませんので、あまり深く知っているとはいえません」

わたしは城守さんの全部は知らない。

噂《うわさ》は本当のこともあるだろうけれど、たまにとんでもないデマが混ざることがあるので正確性に欠ける。だからわたしが知っているのは、わたしが直接話した彼が全てだ。言えることは本当に限られていて、少ない。

「でも……その上で……」

だからそれはただの感想だった。

「彼が人を不幸にするような方には思えません」

はっきりと言うと、彼のお祖父さまが本当に小さく息を呑《の》んだような気配がした。

個人的な感想でしかなくても、その思いに偽りはない。実際に今、わたしの幸せを、わたし以上に考えてくれているのは彼だと思う。

しかしすぐに、わたしは何を言ってるんだ……とも思い、城守さんと彼のお祖父さまの顔が見れなくなった。

お茶を持ってきてくれたお祖母さまが口を挟む。

「そうよ～。蓮くんは昔から何に対しても気が多いんだけど、ひとつにハマるとよそ見はしないんだから。ほら、あの玩具《おもちゃ》のときもそうだったじゃない。普段は何あげても本当にすぐ飽きてほかのものに目移りするのに、あれ買ってもらったあとは、しばらく部屋から出てこなかったものね」

「玩具ですか」

「あ、これよこれ！」

お祖母さまは棚からアルバムを取り出してめくり、一枚の写真を指差して教えてくれる。

一体どんな素敵な玩具なんだろうと期待に胸を膨らませて覗《のぞ》き込む。

そこには『蓮司、五歳』と小さく注釈があり、想像よりはだいぶショボいブリキのロボットを抱えた蓮司少年が写っていた。

「……失礼ですけど、この玩具、そんなに素敵なものなのですか？」

「その年齢のときのことなんか覚えてるわけねえだろ！　俺だって知らねえよ！」

「蓮くんにはよさがあったのよ。ロボロボ言って可愛がってたのよ。部屋にね、段ボールで小さい基地を作ってあげて……お風呂《ふろ》にもトイレにも外にも連れてって。僕のロボットはさいきょうなんだって言って、近所の犬と戦わせそうになって……」

「……ばあちゃん……なんか……やめて」

「それで、ほかの玩具ではぜんぜん遊ばなくなって……色々新しいのも出てたのに欲しいとも言わなくなって、結局そのまま玩具は卒業、そうだったわよね？」

「だーから覚えてないって……」

「蓮くん、あのときのわんちゃん、会いに行った？」

「え、まだ元気なの？」

「可愛い孫がいて、そっくりなのよ」

城守さんとお祖母さまが楽しそうに盛り上がる。わたしはそのまま渡されたアルバムを黙ってめくり、小さな城守さんとその家族を見ていた。

ほとんどは彼の祖父母か母親と一緒に写っているものだった。幼稚園のお友達なのか、たまに小さな女の子と写っているものもあった。

そんな中、彼が両親と写っている写真を一枚だけ見つけた。何度か取り出したのか、その写真だけ子どもの指紋のようなものがベタベタとついていた。二人並んで、お母さんは赤ん坊の城守さんを抱いている。

でも、お父さんの顔の部分は破られていて、わからなかった。

車で三時間半。そこまで早朝の時間には出なかったので、すでに日が傾きかけていた。せっかく来たけれど、そろそろおいとましないと遅くなってしまう。

居住まいを正して、そのことを口にしようかと思ったとき、お祖母さまが口を開いた。

「亜子ちゃん、もう遅いし今日は泊まっていかない？」

「えっ」

「ばあちゃん、小鳩さんは……」

「いいじゃない。普段ここにお客さまが来ることなんてほとんどないのよ。私は亜子ちゃんともっとお話ししてみたいわ」

「……だって、どうする？　帰るなら送るよ」

このお祖母さまのおねだりは、なんだかいちいち可愛い。断れない。

「では、お世話になります」

「決まりね！　じゃあ、お夕飯の準備してくるわ。亜子ちゃんはそこで待っててね」

お祖母さまはそう言ってパタパタと台所に消えた。わたしは言われた通り、大人しく待つことにした。

その後、城守さんが呼び鈴を直しにいってしまったので彼のお祖父さまと二人きりになってしまった。気まずさをごまかすようにお祖父さまが口を開く。

「さっきは……ぶしつけにすまなかったね。その、蓮司は会社でどうかな」

「わたしは部署が違うので……そこまで詳しくはないですが、仕事は優秀で、社内では女性にも節度を持って接していると聞いております」

あくまで社内の話だが、余計なことは言う必要はないだろう。わたしの祖父同様、城守さんのお祖父さまのことも、不安にさせる必要はない。

「少しは大人になったということなのかな……」

「わたしが言うことでもないですが、彼はわたしよりずっと大人な方だと感じます」

「小鳩さんはあいつと比べるとずいぶん落ち着いて見えるがね」

もういい大人だというのに、この人にとっての彼はずっと子どものころのままなのかもしれない。祖父にとってのわたしと同じように。

「……実はわたし、急いで結婚相手を探さなければならなくて……蓮司さんに相談させていただいておりました」

「……あいつに相談して……何を言うんだ」

「お恥ずかしながらわたしは焦っていたのですが、蓮司さんはずっと、誠実な相手にしろと、そうおっしゃってました」

「………」

「それが一番の条件で、そうでないと、幸せにはなれないと……」

顔を上げて見た彼の祖父の顔は、少し驚いたような、それでいてどこか悲しそうなものでもあった。

玄関のほうから呼び鈴の音がして「直ったよー」と言いながら城守さんが戻ってきた。

「じいさん、小鳩さんに変なことふきこんでない？」

城守さんがその場にどかっと腰を落ち着けたので、そこで話は途切れた。

城守さんのお祖母さまはお料理が上手で、煮物、揚げ物、焼き物、一品料理とたくさんの品数が並び、どれも華やかで小洒落《こじゃれ》た盛り付けがされ、とてもおいしかった。ここまで料理上手だと、人が来たら振舞いたくなる気持ちもわかる。

彼女は明るくて屈託がなく、比べると少し気難しそうな彼のお祖父《じい》さまも、結局彼女が可愛くてたまらない様子が見受けられる。

氷室教授のあやかし講義は月夜にて 2

著：古河 樹
イラスト：サマミヤアカザ

**氷室教授の過去が明らかに？
吸血鬼教授と眷属助手の
あやかし講義録！**

海外民俗学を教える吸血鬼、氷室教授の助手兼眷属となった理緒。病院で骸骨が出るという噂を聞きつけ、あやかし調査へと向かうことに。ところがそこで出会ったのは“氷室”の姓を持つ初老の元民俗学教授で……？

死の森の魔女は愛を知らない 2

著：浅名ゆうな
イラスト：あき

**悪名高き「死の森の魔女」。
彼女のもとを訪れたのは、
災厄を呼ぶ美少女だった。**

「死の森の魔女」ことリコリスのもとに、美しい少女が訪れる。けれど彼女はとんでもないやっかいごとを抱えていた。さらに宿敵レナルドと再会したリコリスは、彼の依頼で「人が消える」鉱山の調査をすることに――。

お風呂《ふろ》も広くて、檜《ひのき》の匂いがした。

そのあと客間にお布団を敷いてもらい、思わぬ展開で少し旅行気分になってしまう。

会社にいると一日なんてあっという間に過ぎてしまうのに、今日という日はすごく密度が濃くて長く感じられる。旅行は基本ひとり旅しかしたことがなくて、そこでも現地の人と仲良くなるなんてこともなかったけれど、今回のお出かけは泊まったことですごく思い出深い旅になった気がする。これは想像以上の息抜きになった。


城守さんの祖父母が寝静まった時間、そっと障子を開けて縁側に出てみた。

外は本当に静かだった。

腰かけて空を眺めると、星がよく見える。何もかもが新鮮だった。

背後で足音がしたのでそちらを見ると、城守さんが缶ビールをふたつ持ってきて、隣に腰掛けた。ひとつ渡されたので遠慮なく開ける。いよいよ温泉旅行みたいな感じがしてきた。

城守さんがわたしの見ていた方角に視線をやり、聞いてくる。

「なんか面白いものでもあった？」

「うちは田舎がないんです。祖父母がみんな都内なので。だから、家も風景も、全てがすごく新鮮です……」

「へえ」

「……こういった、夏休みの田舎への帰省のようなものには、少し憧《あこが》れていました」

それにわたしは自分の実家の装飾華美で絢爛《けんらん》な感じよりも、こういった素朴な風景のほうがずっと好きだ。

憧れていたことすら今まで忘れていたけれど、きちんと思い出せた。

城守さんといるとそういうのをよく思い出すような気がする。もしかしたら、結婚や恋愛に憧れた幼い自分だっていつかのどこかにはいたかもしれない。

「城守さんはここに住まわれていたんですか？」

「幼稚園までは住んでた。それからは家族で都心に引っ越したけど……結局ここには母親としょっちゅう来てたよ」

なるほど。「実家に帰らせていただきます」みたいなことが頻繁にあったのだろう。

缶ビールをぐいっと飲んだ。グラスに入れないだけで、少し背徳的な味がする。

「城守さんは、いつか結婚しようとは思わないのですか？」

「俺の場合、亜子のとこと逆で、ジジイに反対されてるからねー」

「お祖父さまの意見はともかく、城守さんはしたくないんですか」

「お祖父さんの意見で亜子は結婚しようとしてるわけでしょ？」

「あ、ちょっとはぐらかしましたね……」

そう思ったのはここに来て彼のお祖父様に聞かれたときに「結婚をしない」と言っていた彼が、少し拗《す》ねているかのように感じたからだ。特別したいと思ってるふうでもなかったけれど、はなから選択肢に入れず諦《あきら》めてもいるような。そんな印象だった。

「……俺はねー。親が離婚してるし、幸せな夫婦のモデルケースを持っていないから、少し怖い」

城守さんはビールをあおってぼそりと漏らした。

「怖い？」

「うん……なにかっていうと衝突して、揉《も》めて、結婚に幸せなイメージがまったくないし」

「でも……モデルケースはあるではないですか」

「えっ」

「城守さんのお祖父さまと、お祖母《ばあ》さま。とても素敵なご夫婦だと思います」

城守さんはしばらく黙って空を見ていた。

それから立ち上がって伸びをしたので、わたしも立った。

「両親とじいさんの呪縛《じゅばく》のせいにしていたけど……結局は俺の問題かもなー」

城守さんが、わたしの飲み終わった缶に手を伸ばしてきたので渡した。

「そうだ。城守さんのロボット、まだここにあったりしますか？」

同じロボ族のはしくれとして、もしあるなら挨拶《あいさつ》などしてみたい。実際見たら何かすごい、素晴らしさの片鱗《へんりん》が見えるかもしれない。

けれど、城守さんは静かに首を横に振った。

「あれは、ここにはもうないよ」

「さすがに捨ててしまっていますか……」

「いや……あれはね……今、うちにある」

「……家《うち》？」

「ひとり暮らしのほう」

「……持っていったのですか？」

忘れてる覚えてないを連発していたくせに。

「なに引いてんだよ！　なんとなくだよ！　子どものころの記念に持っていって！……飾ってあるだけだよ！」

「い、いえ……」

しかも押入れにいれず、ちゃんと飾っているのか。

本当にずっと飽きなかったんだ。なんだかすごい。

それから城守さんとおやすみを言い合ったわたしはお布団に入った。静かな夜に知らない家の旧《ふる》い天井を見ながら、驚くほどあっけなく眠りに落ちた。

翌朝、帰る準備をしていると、城守さんのお祖母さまがそそっと来て耳打ちする。

「亜子ちゃん、きっとまた来てね」

来たくないわけではないけれど、おそらくもう来ることはないだろう。それでもわたしはそのことを正直に言う気にはなれず「はい、ぜひ」と返事をした。

城守さんの祖父母に見送られ、来た道を戻り出す。家が小さく遠のいていくにつれ、なんだか不思議な冒険をしたような気持ちになった。

帰りの車で城守さんは無口だった。

わたしはその横顔を見てから、窓を流れる風景に顔を向けた。

それからずっと、少年時代の彼と、ブリキのロボットのことを考えていた。

第九話　降臨！　ショートケーキの王子様

その日、後輩の代々木《よよぎ》さんと同じ時間に帰宅することになり、一緒にエレベーターに乗り込んだ。

代々木さんは小さな鏡を出して、付け睫《まつげ》をせっせと直していた。見るともなしに視界に入れていると、彼女が口を開く。

「あ、そうだ。ロボ先輩、城守《きもり》さんと付き合ってるんですかぁ」

「いえ。なぜですか？」

「今日カフェで知らないお姉様方がしゃべってたんですよ」

「聞き耳をたててたんですか？」

「やだ、声が大きかったんですってぇ！」

そう言われてなんとなくその様子の想像がついた。

「なんでもぉー、全方向に付き合いがいい城守さんが、最近は外部に彼女がいるわけでもなさそうなのにノリが悪いって」

「……そうですか」

「城守さんて、女子が周りにいないと呼吸困難になって倒れる体質で、常に彼女を二十人はキープしてるって噂《うわさ》なのに、どっか具合でも悪いんじゃないかって最初は真剣に心配されてたんですけど……」

すごい体質だ。

「でも、ロボ先輩とは仲がいいんですよね。新年会の時だってずっと一緒だったじゃないですか」

ぎくりとした。そういう動きを女子は意外によく見てる。

「そもそもあの人昔厳重注意されてイエローカード出てるから、社内の女子は射程外らしいんですよぉ。本人もそれならべつに社外で十分だからって、女子社員とは個別だとそれなりに距離取ってるらしいんですけど。最近は複数でも付き合い悪いんですって。でもロボ先輩とは妙に仲がいい……これは……って、超盛り上がってました」

特にコメントなく困った目で見つめていると、代々木さんは勢いよく続ける。

「あたしも加わりたかったです！」

「そ、そうですか」

「どうなんですか。本当のとこ教えてくださいよー」

「何もありません」

「えーでもあの城守さんがただの同僚と頻繁に会うわけないって……あの人は上は九十から下は法律に触れない範囲からなら、誰でも何人でもすぐ彼女にする人だからって！」

一応年齢制限はあるのに、人数制限はないのか。すごいな。

「でも、ロボ先輩だからどうなんだろうとも言われてました」

「……どういうことですか？」

「ほらぁ、先輩そこそこ可愛《かわい》いのに、言動が少し変わってるから。総務の変わり者お仕事ロボットで有名なんですよぉ」

代々木さんはケタケタと悪気もなさそうに笑う。わたしは遠い目になった。

とりあえず噂になっていたのにはびっくりしたので、帰宅後に城守さんに電話して伝えた。彼も既に知っていたようだった。

「俺も偶然今日聞いた。バレンタインのアレから一部で噂になってんだと。ごめんねー、俺がイケメンなばかりに……」

加えて不誠実で有名だからですよね、とは言わなかった。

「あ、でも城守さん、最近女性との付き合い悪いって……どこかお体の具合でも悪いんですか？」

　その質問にはじめっとした恨みがましい声で返された。

「誰のせいだと思ってんだよ……」

「……え」

「俺はお前の婿探しのために仕事外で空いた貴重な時間、男とばっか遊んでんだよ！　男に声かけて、男のプロフィール探って、男の恋愛遍歴聞き出して……四六時中男のことばっかり考えて……！　俺は一体何者なんだよ！」

「そ、それは、申し訳ないです。ありがとうございます……」

　本当に頭が上がらない。電話越しにペコペコと頭を下げた。

「大丈夫なんですか？　女性が足りなくて呼吸困難になったりしておられませんか」

「……まぁ、それがさ、わりと平気で……俺もびっくりしてる」

「そうなんですか」

「そう。ずっと、仕事外で余った時間が少しでもあると暇だったから女の子と目一杯遊んでたんだけど、今はその時間は小鳩《こばと》さんに幸せな結婚させるための戦略を練ってるからね。結構楽しいし、俺、今わりと生き生きしてる」

「……ありがとうございます」

「今の俺の趣味みたいなもんだからそんなに気にしないでいいよ」

人の婚活を趣味にしやがってと思うが、趣味にしてくれてありがとうとも思う。

「んー、でもしゃあない。しばらく社内でのミーティングはなしね」

「なぜですか」

「噂がこれ以上広まると小鳩さんの婚活の邪魔になるんだよね。急いで見つけなきゃいけないのにそのとき誤解でこじれたら面倒だし」

それは、そうかもしれない。

「まぁ、今はどの道次の候補が決まってないから……決まったら電話で連絡する」

「はい」

「あ、でも俺明日《あした》から四月末くらいまで一ヶ月地獄に出張なんだよね……」

「なんですかそれ」

行き先を聞いて頷《うなず》いた。比較的ハードで評判の支社だ。お疲れさまである。

「では、その間わたしも自分なりにがんばってみます」

「えぇ……それは……」

ちょっと嫌な声を出された。

「できたら変なことせずいい子で待っててよ。なるはやで見つけるから、それまで婚活はお休みしてて」

まったく信用がない。わたしの婚活なのに、アドバイザー待ち。

＊　　＊

城守さんが地獄に旅立った翌日、社内が朝からざわついていた。

何かあったのだろうかと思いつつも、いつも通りに仕事をしていると、山田《やまだ》先輩がフロアに駆け込んできた。

「大変大変！……大変よー！……っ、うぎぁっ！」

叫びながら走ってきた彼女は勢いがよすぎて机の脚に足首をひっかけ、体がつんのめったまま方向転換をしてコピー機にベッタンと突っ伏した。指でも当たったのか、先輩のつぶれた顔のコピーがガーッと出てきた。

先輩は何事もなかったかのようにぱっと身を起こして叫ぶ。

「大変！　大変！　鷹司《たかつかさ》さんが本社に戻ってくるって！」

その途端、部署内に高い悲鳴が満ちた。

わたしの隣に座っていた村西《むらにし》先輩の目の色も変わった。ガタンと立ち上がる。

「ロボ子！　大変だよ鷹司倫太郎《りんたろう》だって！」

「誰ですか」

「だきャラ！　タカツカギャヒー！」

興奮した先輩がエラー音のような奇声混じりに肩をバンバン叩《たた》いてくる。

「タカツカサさんて……誰なんですか」

長く遠征していた王が帰還する城下町のお祭り騒ぎのような盛り上がりに、思わず聞くと先輩達は鋭い目でギッとこちらを見て答えた。

「……王子さまよ！」

「プリンスよ！」

「どこかの王族の方なんでしょうか？」

「ロボ子！　あんたはどうしてそうロボットなの！　比喩《ひゆ》に決まってるでしょ！」

鷹司倫太郎は日本語と英語と中国語のトライリンガルで、アメリカの有名大学を飛び級して卒業後、博士号を取得。最近まで海外支社で活躍していたという人らしい。

顔面は人工物より整っていて、スタイルは黄金比、それでいて人当たりもよいという完全無欠の超人だという。なんでも彼の周りは常に春のそよ風が吹き抜け、無音でも背後に優雅な音楽が鳴っているのが聞こえてくるという。

周りはミュージカルでも始まったのかといった勢いで盛り上がっている。

「寿司《すし》でいうなら大トロを超えた超トロよ！」

「花でいうなら虹色《にじいろ》の薔薇《ばら》よ！」

「ケーキでいうなら……幻のショートケーキ！」

比喩が激しすぎて適切とは思えなくなってきている。

「えー、楽しみー。あたしもご尊顔拝めますかね」

後輩代々木さんはやにわにメイクポーチを取り出し始めた。

「そんな狙っても無駄よ！　あの方は平民は相手になさらないわ！」

村西先輩が素早くポーチを奪った。

「いっ、メイク直すくらい、いいじゃないですかぁ！　返してくださいぃー！」

「無駄よ無駄！　あんたなんてざんばら髪の侍くらいの頭でいったほうが印象に残るわよ！」

「そんなこと言って先輩、なんですかその鏡はぁー！」

多くがいそいそとお色直しを始め、既婚者はおもむろに指輪を外し出し、業務に支障が出そうなレベルで浮つき、お祭り騒ぎだった。

冷静な人を目で探す。

今総務部は女性しかいない。わたしの同期は男性だったが、既に辞めてしまっていた。男性は、今、机で苦虫を五百匹くらい嚙《か》み潰《つぶ》した顔で扇子で扇《あお》いでいる部長しかいない。しかし、これはとても冷静とは言えないだろう。見まわしても課長の塚本《つかもと》さんが呆《あき》れた顔をしているくらいで、冷静に書類を書いていると思わしき先輩の机を見にいくと、部長の名前を書くべきところに、とろけた字で鷹司と書いてあった。

お色直しの甲斐《かい》あってか、お昼過ぎに、幻のショートケーキ王子が総務に挨拶《あいさつ》に現れた。背後に花が咲き乱れるかのようにさっそうと現れた彼は一瞬でその場の注目をかっさらった。キューティクルの輝くサラサラの髪の毛は清潔感のある感じにセットされている。形のいい眉《まゆ》の下に涼やかな瞳《ひとみ》が鎮座していて、整った鼻梁《びりょう》に負けないくらいCG感のある唇がついていた。

初めて見る鷹司王子はなるほど、顔だけでなく歩き方や立居振る舞いが優雅で王子めいていた。ひざまずいて手の甲にキスとかしてもさまになりそうな感じだ。

彼が王族がするような優雅なお辞儀をすると、周りから一斉に「キャー」と黄色い声があがった。ほぼ全員が立ち上がり、囲むようにして出迎えた。

ショートケーキ王子は全員を順番に眺めてから挨拶をした。

「鷹司倫太郎です。しばらくカナダ支社勤務でしたが、これからまたよろしくお願いします」

大したことは言ってないのに、まるで天のお告げがあったかのようにその場から「はあぁー」と、うっとりした声が上がる。

総務は管轄が曖昧《あいまい》な社内案件がまわってくることが多く、普段は「総務は何でも屋じゃないっつーの」と毒づく村西先輩と「それはご自分でどうぞ」が口癖の山田先輩が揃《そろ》って甘い声を出し「鷹司さん、ご不便はない？」「なんでも言ってくださいね！」と詰め寄っている。

そこから彼はずっと、質問攻めにあっていた。

質問内容も「今、お付き合いしてる方は？」とか「結婚相手に求める条件は？」とか、はては「使っているシャンプーは？」だとかどんどん業務から離れていく。

この、幻のショートケーキと称される人がもし何か総務に用事があったとしても、わたしのところにまわってくることはまずないと思った。関わることはないだろう。だからわたしはまるで興味がわかなかった。

わたしは基本、自分と結婚してくれなそうな男には興味がない。

＊　＊

そのお祭り騒ぎから数日経《た》ったころ。

駅までの帰り道。小雨《こさめ》がぱらつく中、わたしはぼんやり城守さんのことを考えていた。

街路に咲いていた桜が少しずつ雨で散っていた。

城守さんは桜を見ただろうか。このあとも雨が続くようだし、戻るころには散ってしまっているかもしれない。別の場所で違う桜を見ているかもしれないけれど、少し、一緒に見たかった気もする。

地獄で元気にしているだろうか。存在自体がどこか賑《にぎ》やかな人なのでいないとスカスカした気持ちになる。

婚活を自分でがんばると言ったけれど、実際最近は完全に城守さん頼みだったので、わたしはやはり選び方もきっかけも何もつかめないまま過ごしていた。城守さんの基準が厳しいのもあって、最近はすっかり自分で探すのを放棄していたところもある。

それにしても、会えなくなってからふとした瞬間によく頭を過《よ》ぎる。

頭にぽんと浮かんだとき、そうか、近くにいないんだった、というのを思い出して、残念な気持ちになる。大人になって、変わらぬ日々を営む中、例外的に濃い付き合いをしていた人だからかもしれない。近くにいないと……どこかもの足りない。

あと、何日だったかな。頭で計算する。連絡をしてみようかと考える。

そのとき気がついたけれど、わたしは最近では連絡不精とは思えないほど城守さんには連絡をしていた。べつに定期連絡ではないけれど、候補がいないときに独身男性を見つけて報告して却下されたり、ついでにミーティングによさそうないいお店を見つけたときにも連絡してるし、おいしいものを見つけて食べたとき、感動する映画を観《み》たときも世間話的に報告しているし、先日犬の糞《ふん》を踏んだときも悲しくて連絡した。わりと頻繁だ。

けれど、向こうは出張先。婚活もお休み中だ。くだらない用事のみで連絡をするのは気が引ける。そういった意味でも早く帰ってきて欲しい。

雨は徐々に激しさを増していたけれど、まだ水たまりができるほどではない。

早めに帰ろうと足を速めたときだった。少し行ったところの軒下に立っている人に目が留まる。あれは、ショートケーキ王子の鷹司倫太郎だ。傘を持っていないので、雨宿りでもしているんだろうか。

そのまま通り過ぎそうになると、よく通る声で呼び止められた。

「あっ、総務の小鳩亜子《あこ》さん、だよね」

「はい」

「僕のこと……覚えているかな」

「はい」

一度見たら忘れられないようなご尊顔で、さらにあれだけ周りに連呼されてればさすがに名前もフルネームで覚えるというものだ。

「小鳩さんは今、帰り？」

「はい」

「急に降ってきたから……まいったよ」

そう言って彼はわたしの傘をじっと見た。

「よかったら一緒に入っていっていいかな」

「え……あ、はい。どうぞ」

「ありがとう。とても助かるよ」

鷹司王子は優雅な仕草でわたしから傘を受け取った。

「さぁ、入って」

二人並んで歩く形になった。

わたしはさっきからほぼ「はい」しか発していなかったことに若干の気まずさを覚え、当たり障りのないことを話しかけた。

「久しぶりの本社はどうですか」

鷹司王子はこちらを見てにこやかに笑ってみせた。

「戻ったばかりで少し戸惑うところもあるけれど、みなさん親切に助けてくださるから、スムーズに仕事させてもらっているよ」

「そうですか。それはなによりです」

「これから、小鳩さんもよろしく」

「よろしくお願いいたします」

通り一遍の挨拶をしたが、もちろんそれ以上に会話が弾むはずもなく、狙って弾ませるスキルもない。しかしわたしの基準だと感じが悪くならなかっただけで上出来だ。

そのまま駅に入ると、ショートケーキ王子が「お疲れさま」と言うので「お疲れさまでした」と言って傘を受け取り改札に入った。

鷹司王子は駅には入らず、立ち止まって手を振っていた。

ホームに入ってから気づいた。

よく考えたらあの人は車通勤だったはずだ。高級車が話題になっていた。

二日後の帰り際に、鷹司王子は再び現れた。

彼は会社のエントランスを出たところにいて、わたしを見ると笑顔で近くに来た。

「小鳩さん。一緒に帰ろう」

「鷹司さん、車ですよね」

素朴な疑問をもらす。

「うん。あの日はたまたま歩きでね。今日は君を待っていたんだ。よければ送らせてもらえないかな」

「え……」

社内の有名人とはいえ、よく知らない人だ。なんとなく遠慮したい気持ちもあったけれど、ここまで有名な王子を警戒するのも馬鹿馬鹿しいかもしれない。

「君と少し話がしたいんだ。いいかな」

「はい」

会社の地下駐車場に停《と》めてあった、見るからに高そうな車に乗り込むと鷹司王子が聞いてくる。

「家はどこ？」

「月島《つきしま》です。駅からすぐなので駅までで大丈夫です……」

「うん。じゃあとりあえず駅まで行くよ。君に、少し相談があってね」

わたしはほどなくして、高級車の静かな車内で外を見ていた。

世間話くらいしたほうがいいのはわかっていたが、鷹司王子の車は揺れ方がわたしと相性悪く、すでに少し酔っていた。三半規管が少し、ぐるんとする。それで、結局黙っていた。早く駅に着かないかな、と考えていたところ、鷹司王子が口を開いた。

「実は……住所変更の手続きをまだ終えてなくてね。君に頼めないかな」

「え、はい」

「ほかの社員の方に頼むのに、少し危険を感じてね。先延ばしになっていたんだ」

「あ……はい。承知しました。なるべく人目につかないよう処理しておきます」

思った以上になんてことのない用件で、ほっと息を吐いた。

わたしは車を降りて胸を撫《な》でおろした。

吐かなくてよかった。

頼まれた仕事を無事終えて、その二日後。すっかり忘れていたころ、鷹司王子と会社のエントランスでまた鉢合わせした。

「よく会うね。今帰り？」

「はい。お疲れさまです」

「今日も、また送らせてくれないかな。先日のお礼に」

わたしは正直、鷹司王子の車にはあまり乗りたくなかった。破滅的に相性が悪い。五分で酔ってしまう。

「いえ、お気遣いなく」

「遠慮しないで。さ、行こう」

やんわり断ろうとしたが意外にも食い下がってくる。笑顔で背中をぐっと押されて、断れる感じではなくなってしまった。

「ありがとう……ございます」

これが最後だろうし、我慢しよう。

地獄のドライブが始まった。

数分で胸のあたりにムカムカが込み上げる。まずい。これは前回以上かもしれない。

わたしは人生でこんなに揺れ方が合わない車に乗ったことがない。

クッションのきいた高級車特有のふわふわ感と、鷹司王子の意外とキビキビしたハンドル捌《さば》きが合わさってわたしの三半規管を右に左に振動させる。それでも、耐えなければならない。こんな人の車に吐いたりしたら、わたしは、あの会社で生きていけない。呼び名だって絶対嘔吐《おうと》ロボになる。

気を散らせ。散らすのだ。

ふいに城守さんの顔が浮かぶ。

「大丈夫なの？」と呆《あき》れたように心配する顔。もう実際に見なくても想像できてしまう。あまりにはっきり浮かんだその顔に、なんだか小さく笑みがこぼれそうになった。

「小鳩さんは、付き合ってる人はいるのかな」

「えぁッ、おりません」

脳内で城守さんを使って気を散らしていたところ、現実に引き戻す唐突な問いが来て、車酔いの脳が深く考えることなく反射で返した。

「実は……一目《ひとめ》惚《ぼ》れなんだ」

「え？　この車のことでしょうか？」

「君にだよ」

鷹司王子が言うその台詞《せりふ》にはなんだかリアリティがなくて、数秒目を瞬《しばた》いた。

「びっくりしたかな」

「はい」

ものすごくびっくりした。というか、現在進行形で聞き間違いを疑い、彼の言葉の別の意図や解釈を探している。

「僕も……まだ言うつもりはなかったんだ。出会ったばかりだし……でも、話してみたらより強く惹《ひ》かれてしまった。こうしていたら、抑えきれなくなってね」

鷹司王子は落ち着いた口調で言って、車を停めた。こちらに向き直る。

「小鳩さん、よかったら僕と付き合ってくれないかな」

「え………はい」

ものすごくびっくりしたが、婚活中のわたしが断る理由は特に見当たらなかった。たまに止めてくる城守さんもいない。いたとしてもこのショートケーキ王子なら止めないだろうと思われる。急ぎで結婚相手を探していて、候補さえも見つからないのに向こうから来てくれた人を断るなんて、あり得ないことだ。

そう思いながらも、口に出した返事に、自分でどこか驚いていた。

その後車が駅の近くで停められて、わたしは狐《きつね》に化かされたかのような気持ちで駅前に立っていた。

わたしは突然、なんの前触れもなく、恋人ができた。

幻のショートケーキ王子と付き合うことになってもそこまで接触はなかった。

連絡先は交換したけれど、鷹司王子は忙しいようで、三澤《みさわ》さんのくれたようなマメな連絡もなかった。だからわたしは相手をよく知らないまま、初の交際歴を二週間も刻んでしまった。

＊　＊

鷹司王子のことはリアリティがなかったので、城守さんにすぐ報告をすることはしなかった。わたしは、これは、話自体がすぐになくなる可能性が高いと踏んでいた。すぐ終わるのに報告をするのは早計だ。

裏でいろんな女子社員に同じことを言ってるとか、そんなのもあり得る。なにしろ唐突過ぎる。だから以前言われていたように、コミュニケーションのための連絡をこちらから取ることもしなかった。わたしはいつ話がなくなるのかを油断せず静かに待っていた。

その日の終業後、ショートケーキ王子に動きがあった。

突然わたしのフロアに会いにきたのだ。

今までも何度か似たことはあったとはいえ、わたしはさすがに今回ばかりは周りの反応が怖くなり、立ち上がってネズミのようにサカサカ走り部屋を出た。

なるべく目立たない場所に移動した。それでも通りすがる人は例外なく見てくる。

真面目にほっかむりが欲しくなったのは人生で初めてだった。

「忙しくて、なかなか連絡できなくてすまなかったね。今晩、夕飯でも一緒にどうかな」

こういう人は見られ慣れているのか、周りがジロジロ見ていてもまったく気にしない。はきはきと誘いを口にした。

わたしがあまりにキョロキョロしていたので、鷹司王子が怪訝《けげん》な目を向けてくる。

「僕とのことは隠したいかな」

「そうですね。鷹司さんはファンが多くて……怖いですから」

いっそ命の危険を感じる。できたら……なるべく……やっぱり絶対に隠したい。

「そうだね。でも、僕は君とのことは真剣に考えているから、隠すつもりはないんだ。僕ができる限り守るから、君もそのつもりでいてくれないかな」

「あの、真剣にというのは……」

わたしはここで、ひとつの確認をした。

「結婚前提……ということで、よろしいでしょうか？」

わたしが全力で見極めたいのはこの台詞を言われたときの態度だった。

まだ早すぎるのはわかっている。今このタイミングでこれを言われて、頷《うなず》くとは思えない。その気があるのかないのか、もしはぐらかしたりするなら、関係は終わらそうと思っていた。じっと表情を窺《うかが》う。

鷹司王子は少しびっくりした顔をしたけれど、優雅な笑みを浮かべて「もちろん」と答えた。


その晩、鷹司王子と食事を共にした。

彼が予約していたレストランに行き、食事をした。有名な店で、グルメガイドの星がついてるのだとか、説明をしてもらった。

目の前に見栄えがよくておいしそうな料理が並んで、時間が過ぎていった。

なんでだろう。わたしの性格だと、わざわざひとりでは行かないようなおいしいお店で、会話も向こうから気まずくない程度に振ってもらえて無理なく続いている。

でも、食事も、会話も、なぜだかあまり味がしなかった。

何もかもが唐突な上に、鷹司王子は王子ゆえか、少し話してもなかなか内面が窺い知れない感じで、一体どんな人なのかもよくわからなかった。なんとなく、摑《つか》みどころがなく現実感もない。今まで会ってきた誰とも違う感じがする。

城守さんがわたしの連絡に対して言った、画面の向こうに人間がいない感じ。それを実際に対面している彼から感じてしまう。

正直にいうなら、そのデートはあまり楽しくなかった。

みんなが羨《うらや》む、ショートケーキみたいな人。結婚もしてくれるらしい。

わたしは彼に結婚できるかを聞いたとき、本当は逃げる理由を探していたのかもしれない。承諾されて、逃げ場を失ったような感覚があった。断る理由はもうどこにもない。

モヤモヤした気持ちの正体がわからなくて、城守さんに聞きたかった。あの人はきっと、わたしにわからない答えをいつも持っている。

そんな思い込みが募っていき、ますます城守さんに会いたくなった。

わたしはずっとひとりで不便なく生きていたので、誰かと会えなくて心細いような気持ちになったことなんてなくて、自分に戸惑う。

結局我慢できなくて、土曜日の午後に電話をかけてしまった。

「亜子、どうかした？」

知っている声にドキッとした。

城守さんは会社では「小鳩さん」と言うけれど、模擬デートの日以降、二人しかいない状態だとうっかり呼び名が変わっていたりすることがある。

今、久しぶりに聞いた声から出たのが名前だったのは少し心臓に悪かった。

「今、大丈夫でしょうか」

「いや俺、これからまた出ないといけなくてさ、でも、少しならいいよ。長くなるなら夜にでもかけなおすけど」

「大丈夫です。そんな大した用事はないです」

鷹司王子のことを報告したり、いろいろ相談をしたりしたかったのに、声を聞いたら懐かしいような安心感に包まれて、一瞬でどうでもよくなってしまった。

「あの」

「うん？」

「……お元気でしたか？」

「うん、今元気になったよー」

おちゃらけて答えた城守さんはどこまでも城守さんで、わたしはなんだか素直に想《おも》いを口にしていた。

「城守さん……」

「うん？」

「早く、帰ってきてください」

「仕事終わったら帰るよ。なんなの、俺がいなくてそんなに寂しかった？」

「色々相談がたまっているんです。戻り次第聞いてください」

「あいよ」

「はい」

「あ、俺そろそろ出なくちゃ。電話くれてありがとね」

「はい。ありがとうございます」

「またなんかあったら、いつでもかけてね」

「はい」と言って通話を切った。

しかし、実際は結局、彼に相談をすることはなかった。

＊　＊

病気の話を聞いてから、祖父とはずっと連絡をとっていた。

連絡手段は主にメールだった。頻度は週に二回くらいと、それほど高くはなかったけれど祖父は必ずそれに返事をくれていた。内容は病気のことにも婚活のことにも触れないような、他愛のないものだ。それでも、わたしは短いそのやりとりで安否を確認していた。

あるとき、いつも翌日にはある返信が一日経《た》ってもなく、電話をかけた。

スマホの電源も入っていなかったので祖父の自宅に電話をした。祖母は早くに亡くなっていたので、祖父の家の使用人頭、いわば家令のようなポジションの人が出て、不在を伝えてくれた。

「旦那《だんな》様は入院されています。ただ、今回すぐに退院するので心配しないようにお伝えするよう言われています」

その話を聞いたとき、どくんと心臓が鳴った。

祖父は病気が判明したあとも、マメに会社に顔を出し、親類や友人と会ったりもしているようだった。見た目もそんなに変わらなかった。だから聞かされてはいたけれど、どことなく危機感がわいていなかった。

でも、もう気づけば四月だ。最初の約束の日から七ヶ月が経過しようとしていた。

もうすぐ春が終わる。急がなくては。絶対に間に合わなくなる。

祖父の入院は聞いていた通り一週間ほどだった。

退院して、今日は会社に顔を出しているとの話が耳に入ってきた。わたしはお昼休みに連絡して、終業後に祖父に会いにいく約束を取り付けた。それからすぐに、鷹司王子を呼び出した。こちらから連絡するのは初めてかもしれない。

鷹司王子はなかなか電話に出なかったので、時間を十分ほど空けて何度かかけた。彼は三回目くらいで出た。

「鷹司さん、終業後に少しお時間をいただきたくお電話しました。それから、今すぐお会いできますか」

「ごめん。少し外せなかった……重要なことかい？」

「はい。わたしの……祖父に会って欲しいんです」

鷹司王子は電話越しに数秒黙った。わたしの態度に逼迫《ひっぱく》したものを感じたのか、呆《あき》れたのかは表情がないのでわからない。

「今、社内にいるのかい？……会いにいくよ」

「三階のエレベーター前にお願いいたします」

エレベーター前にゆらりと来たショートケーキ王子に詰め寄った。

「鷹司さん」

「い、はいっ」

勢いに押されたのか同じくらいのテンションで返事をされた。

そのまま勢いで切り込む。

「すぐにわたしと婚約していただけませんか」

だってすぐ結婚してくれないなら、この人と付き合っても時間の無駄なのだ。

鷹司王子は最初表情を変えなかった。

けれど、やがて端整な顔に人工的に見える笑みを浮かべ「喜んで」と返した。

「両親は今海外なので、後日になりますが、急ぎで会っていただきたいのは祖父です」

「もちろん。事情はわからないけれど、君がそんなに急ぎたいならそうしよう。予定を調整するよ。どこに行けばいい？」

「少し驚かせてしまうかもしれませんが……このビルの上にいるんです」

「うん？」

「わたしの祖父は橘《たちばな》善次郎《ぜんじろう》。この会社の会長です。終業後、一緒に来ていただけますか」

わたしは焦っていて、真剣で、少し異様だったと思うけれど、鷹司王子はにっこりと笑ってみせた。

「君が望むなら、もちろんだよ」

終業時間を過ぎてすぐ、鷹司王子はわたしの働くフロアの入口に現れた。

すぐにエレベーターに乗り込んだ。その間ずっと黙っていて、静かな中エレベーターの揺れる感覚がどこか非現実にも感じられた。

上階に上がり会長室に入る。部屋は、ほんの少し薄暗かった。

祖父はいつも通りの、どこか威厳のある顔で座っていた。背筋だってぴんと伸びていて、もうすぐいなくなる人にはとても見えなくて、余計に悲しくなる。

自分も背筋を正して、報告をする。

「お祖父《じい》様、婚約者の方を連れてまいりました」

「鷹司倫太郎と申します。亜子さんとは近いうちに結婚をと考えています」

形式的な挨拶《あいさつ》が交わされるのを耳の端でどこか他人事《ひとごと》のように聞き、わたしは急速にやってきた達成感と脱力感に支配された。

祖父は驚くほどほっとした顔をして、喜んでくれた。

「亜子、やったじゃないか。お前ならきっと見つけると思っていたよ」

その顔を見たら、こんなにも心配をさせていたのだと、そんなことが伝わってきて泣きそうになった。

うれしさで目を潤ませているように見えたのだろうか、祖父は「おめでとう」と「よか

った な」を何度も繰り返し、本当に喜んだ笑顔を向けてくれた。
わたしはずっと頭を悩ませ考えていたことを済ませると、完全に脱力してしまった。だからそのときのことは飛び飛びにしか覚えていなかったけれど、祖父のその顔だけは脳に焼きついた。

祖父はそれからまたすぐに入院した。

わたしは無事、婚約者を見つけて祖父に会わせることができた。間に合ったのだ。報告してすぐは達成感と婚活からの解放感があったけれど、ふと現実を見たときにまた強い不安にさいなまれた。

高い目標を果たすためには自分の意思や希望を除外するのが一番効率的だと思ったのに。そして自分はきちんと目的を果たせたのに。なぜだか悲しみに似た感覚が脳にじんわり充満していた。

きっと、これから始まる、この先に続いていくであろう生活に、楽しい想像がなにひとつできなかったのだ。

わたしはそこまで無理をすることもなく、周りも認めてくれるような人を見つけられた。酷《ひど》い結果にはなっていない。それなのに取り返しのつかない大きな失敗をしてしまったような、喪失感に似た気持ちしかそこにはなかった。

わたしの婚活はこうして幕を閉じた。

＊　＊

朝、会社のエントランスに入ったところで聞き慣れた声がして振り返る。

「小鳩さん、おはよ」

「城守さん。おかえりなさい」

「うん。ただいまー」

城守さんが戻ってきた。

姿を見たら懐かしいような安心感に包まれる。

「地獄はいかがでしたか？」

「うん。まぁ、楽しい地獄だったよ。あ、これ地獄のお土産」

「ありがとうございます」

「小鳩さんのだけ特別仕様だから、内緒ね」

城守さんは軽い感じでそう言って行ってしまった。

おりよく定時に上がれたので、終業後に城守さんを訪ねてみた。

彼は机で仕事をしていたけれど、わたしに気づくとフロアの入口まで出てきてくれた。

「城守さん、わたし、今朝言い忘れてしまいましたが、婚約をしました」

「うん。聞いたよ」

「お早いですね」

「相手目立つしねー、すぐに話入ってきたよ」

「そうですか……」

「おめでと。評判は知ってるから特に調査してないけど、いいんじゃない」

「そうですか？……ありがとうございます」

こちらにもあっけないくらいに喜んでもらえて、少し拍子抜けした。

いや、これは拍子抜けというより落胆に近い感覚だったかもしれない。

それから少しの間黙っていたけれど、城守さんはわたしの顔をぐっと覗《のぞ》き込み、眉根《まゆね》を寄せた。

「で、なんでそんな顔してんの」

「え……そんな顔？」

どんな顔だろう。

「まぁ、あまりうれしそうではないね……」

「自分でもよくわからないんですけど……変な感じで……本当にこれでいいのか……わからなくて」

「……うん」

「城守さんに相談をしたいです。話を聞いてもらえませんか？」

「まだちょっとやること残ってて上がれないんだけど……いいよ。一時間くらいなら時間取れるから、どっかで話聞く」

一度噂《うわさ》になっているし、できたら社外がよかったけれど、わたしのほうも早く話を聞いてもらいたかったので、社内でなるべく目立たない場所を探すことにした。

しかし会話が耳に入ることはなくとも目にはつくであろう場所ばかりで、結局わたしと城守さんは廊下の扉を開けて階段に出た。

階段は人けがなかった。やっと彼と話せることに安心して、力が抜けて上段にすとんと腰掛けた。

近くに立っている城守さんが心配そうに聞いてくる。

「向こうに何か気になることでもあるの？」

「気に……いえ、なんというか……なんでしょう」

ずっと、モヤモヤしていた気持ちの道筋や理由を探そうとしたのに、それはいくら考えても出てこなかった。むしろ、その理由を彼に聞きたいくらいだったのだ。

やっぱり、うまく言葉にならない。わたしは諦《あきら》めて結論だけを吐いた。

「城守さん、わたし、あの人と結婚したくないです」

「え……なんで？」

「それは……わからないのですが……ずっとモヤモヤしてて。わたし、祖父が入院したと聞いて、急がなくてはいけないと思って……決めてしまって。でも……なんだか……」

言葉は続かなかった。

わたしはもともと結婚してくれれば、誰でもよかった。城守さんの条件にも合う相手で、祖父も喜んでくれた。いくら考えても、やめる理由はなかった。

それでも、心の拒絶感は大きくなって、不安を纏《まと》って膨れ上がる。

「……止めてください」

「え……」

「城守さん、止めてください」

城守さんが鳶色《とびいろ》の目を見開いた。

「もともと、小鳩さんが決めたことなんでしょ。なんで俺が止めるの」

「わからないですけど……でも城守さんが止めてくれたら……わたし、やめられます」

城守さんは少し呆《あき》れたような顔で笑った。

「あのさぁ、そういうのなんていうか知ってる？」

城守さんはわたしの隣に腰掛けた。

「マリッジブルーっていうんだよ」

「……そうなんでしょうか」

確かに、大した覚悟もなく、いざとなって結婚自体が嫌になったというのは、わたしらしい理由だ。でも、それとも違う気がした。

城守さんはくしゃりと笑って、わたしの前髪を小さく撫《な》でた。

「だいたい……俺みたいなやつが……止める理由がないでしょ」

「今まで勝手にさんざん止めてきたくせに……」

「それは相手がダメだったからで……俺だって小鳩さんを幸せにしてくれそうな、ちゃんとしたやつなら応援するよ。小鳩さんがずっと会長のためにがんばってたことなんだから」

何も返せなくて、小さくはなをすすりあげた。確かにそれはそうだし、わたしと、祖父と、城守さん、全員の希望通りにいっていることのはずだった。

わたしだけが理由もなく駄々をこねている。

わたしは階段を見つめて、彼は黙って天井のほうを見ていたけれど、不満げな声で「ずっと、邪魔するなって言ってたくせに……」とボソリと呟《つぶや》くのが聞こえた。

それから城守さんがふいに、わたしの顔をじっと覗き込む気配で顔を上げる。

「あのさ……」

思ったより近い場所に彼の顔があった。

「はい」

城守さんは、おでことおでこがくっつきそうな距離で、真剣な顔でゆっくりと言葉を吐いた。

「本当に、俺が止めていいの？」

「………」

鳶色の瞳の奥には泣きそうな顔のわたしが映っていた。

そこからまた、わたしは階段を見て黙り込む。思考は数秒だったのかもしれない、数分のようにも感じられた。

わたしは詰めていた息を吐いた。

「いえ。止めなくていいです」

「……………うん」

城守さんに理由や責任を押し付けて結婚をやめるなんて、ダメだ。やめるなら、自分でやめればいいだけなのに。

止めて欲しいなんて、どうかしてる。

二人揃《そろ》って戻るとき、通りすがりの小さめの会議室の中から声が聞こえてきた。

会議室としてはけっこう狭くてショボい部類に入るその部屋は、離れ小島なのもあって、会議には使われなくなり、現在は簡易的な資材室となっていた。

そこの扉がほんの少し開いていて、中から声が聞こえる。

「いやしかし、鷹司さんの相手としては少し意外でしたよ」

わたしは気になって、少し身をかがめ、細く開いた隙間からそこを覗き込んだ。少し上の隙間から城守さんも同じように中を覗いた。

さきほどの声の主は知っている人だった。わたしがかなり前に一度候補に挙げて即却下されたリサイクル事業部の小田《おだ》さんだった。

その近くに鷹司王子も座っていた。

小田さんはすっかり王子の取り巻きと化しているらしく、肩でも揉《も》みそうな勢いで立ったまま近くで両手を揉んでいる。

驚くべきは鷹司王子の態度だった。

彼は椅子に座ったままぶすったれた顔で足を机の上に乗せてふんぞりかえっていた。天井を見てつまらなそうな顔で「何がぁー？」とだらしない声を出した。

「いや、婚約者の方、可愛《かわい》い方ですけど……面白いあだ名もついてますし……鷹司さんならもっと派手な美人もいるかな～なんつってアハハッ」

鷹司王子は突然小田さんの頭を乱暴にべしっと叩《たた》いた。

「いっダァ！　ずびばぜえん！」

大袈裟《おおげさ》に痛がる小田さんを見て鷹司王子はゲラゲラ笑った。

「お前はほんっとバカだな。俺が考えなしにあんな女と婚約するわけないだろ」

「えっ」

「アレは橘会長の孫なんだよ」

「どえぇーっ！　なんですとー!?」

小田さんが両手をひろげて、古典的なびっくりポーズをつくってのけぞった。

鷹司王子の顔はものすごくニヤついていて、王子感はゼロだった。

「えっ、しかしそんな話は……ほほ本当なのですかぁ?!」

「口止めされてたみたいだけどな。人事部から聞き出したんだよ」

「そこからこの速さで婚約まで……!」

「まぁ楽勝。ちょっと声かけたらもうあとは向こうから結婚してくださいって縋《すが》ってきたよ」

「まったくもってさすがでございます!」

二人の会話を聞いてなるほどと納得した。

鷹司王子は最初に総務に挨拶《あいさつ》に来たときも、わたしにほとんど視線をとめなかった。それなのに後日一目惚れ《ひとめぼ》というからおかしいなとは感じていた。内面が窺《うかが》い知れなかったのにもなんとなく納得がいった。しかし、喋《しゃべ》り方もわたしといるときとぜんぜん違うので演技達者なほうではあるだろう。

わたしが思考をしている間にも会話は進んでいて、別の話題となっていた。

「鷹司さん、人事部といえばあの女性はどうなったんですか」

「は? 誰だよ」

「その……ホラッ、かなりお胸がお目立ちになる……ブフフッ」

「あぁ、アレ? ったくお前は本当クソバカスケベだな!」

はんっと呆れた笑いをこぼした鷹司王子はもう一度小田さんの頭をスパーンと叩く。

それから机を足で押して椅子をぎっとしならせた。

「まー、なかなかよかったよ。一回で十分だけどな。あの女……がすげぇ……んだよ」

そこまで至近距離ではなかったので後半小声で言った部分は聞き取れなかった。しかし、下劣なことを言ったのは聞かなくても十分わかる。

鷹司王子は言葉のあとに非常に下品な声でゲラゲラ笑った。なぜか小田さんも一緒になってゲラゲラ笑っていた。この人も大概だ。

「いやしかしすごいですね。お戻りになって速攻で会長の孫と婚約とは……さすが！　さすがすぎますですよ！」

鷹司王子はふん、と鼻を鳴らし、机に乗せた足を乱暴に組み替えた。

「あんなつまんねー女……そうじゃなきゃ俺が結婚相手にするかよ……」

そう言って鷹司倫太郎は口元だけ歪《ゆが》め、ニヤッと笑った。

「そもそも、この俺がひとりに絞るなんて退屈だろ」

「その通りでございます！」

「まぁ、あちらさんボンヤリで鈍そうだから、結婚してもほかでちょいちょいよろしくやれば楽しい結婚生活は送れるだろうよ」

鷹司王子はグェッヘッヘというような声で笑った。

すごい。

ここまですがすがしく邪悪だと、傷つくより驚きが勝ってしまい、わたしは目を白黒させて見ていた。

人って、邪悪な顔をしていると美形も美形に見えないものなんだなと思う。でもなるべくならそういう顔はもっと厳重に隠して欲しかった。にじみでる醜悪さに目も当てられず、顔を伏せて考える。どうしたものだろう。コレと結婚するのはさすがにやめたほうがいいのではないだろうか。

でももう祖父にも報告をしてしまった。すごく……喜んでいた。

だったら、ひとまず今は見なかったことにして……。

あれ？

ふと気づくとすぐ背後にいたはずの城守さんの気配がなかった。

顔を上げ背後の通路を見まわす。いない。

正面に顔を戻すと細く開いていた扉が半開きくらいになっていた。室内を見ると城守さんが鷹司王子のすぐ近くにいて、ギョッとする。

「ひぇっ」

鷹司王子は最初城守さんを見ていたけれど、わたしが声を上げたので、こちらに気づいた。ギョッとした顔で目を見開いたが、わたしがどこまで聞いていたのかわからないからなのか瞬時に足を下ろし、引き攣《つ》った王子フェイスに切り替えてふわんと笑った。

鷹司王子は目の前の城守さんを無視して笑顔のまま立ち上がった。

城守さんがわたしと鷹司王子のちょうど中間の位置で口を開いた。

「あのさ、全部聞こえてんだよね」

「え、何がかな？」

鷹司王子が王子スマイルのままとぼけた返答をする。もうさっきの人誰、というくらいには王子モードに切り替えている。この人役者にでもなればよかったのに。

城守さんが拳《こぶし》を握って必殺技を繰り出すかのようにぐっと身をかがめた。

「き、城守さん？　何を……」

わたしがそこまで発声したところで、「わしゃアッ」と珍妙な悲鳴が響いた。

鷹司王子は顔に笑みを張り付けたまま、城守さんに殴られて勢いよく飛んでボサッと倒れた。

城守さんが床に向かって捨て台詞《ぜりふ》を吐いた。

「お前なんかと、誰が結婚させるか」

＊　＊

わたしはその日、祖父に朝一で呼ばれていた。

わたしは婚約が破談になったことを祖父にずっと言えてなかった。しかし、あれからまた退院した祖父がどこかで話を聞きつけたのかもしれない。向こうからのメールで婚約について何かあったのかと聞かれ、わたしはご破算になったことを伝えた。

それでも仕事中には呼ばないだろうと踏んでいたのにすぐに来いというのだから、これはだいぶご立腹かもしれない。

鷹司王子は鼻がちょこっとだけ折れたようだったが、本性を会長には絶対に知られたくないようで、そこを伏せる代わりに城守さんが彼を殴ったことは事件にはならなかった。

それでも、婚約が破談になったことと、わたしと城守さんと鷹司王子の間で小さな諍《いさか》いがあったことは、会社中に知られていた。さほど事情を知らない口の軽い目撃者、小田さんがそこにいたためだ。

城守さんは細かな事情を周りに聞かれても、のらりくらりとかわして何も言おうとしなかった。わたしも黙っていた。

なので最近の世間の噂《うわさ》では鷹司王子と付き合うわたしに、女癖の悪い城守さんが手を出し、男好きなわたしの二股が発覚して破談になったというストーリーが囁《ささや》かれているようだった。なんとなくその悪意に満ちた噂の発信源は鷹司王子ではないかと思っている。

わたしは、鷹司王子の本性を伏せた上で祖父にうまく説明しなければならない。しかしどの道、騙《だま》されて婚約したなんて言わないほうがいいかもしれない。

荷物を置いてから会長室に行こうとしていると、総務に用事でもあったのか、エレベーター前に城守さんがいた。

「あれ、小鳩さんどこ行くの？」

「あ、今からお祖父《じい》……婚約がなくなったことについて、会長に話してきます」

「そっか……」

「お祖父様、ガッカリしたでしょうね……」

ぽつりとつぶやいてから、城守さんが黙ってこちらを見ているのに気がついた。

「もう俺が婚約者のふりする？」

「いえ、そんな昨日の今日で新しい相手とか……逆に心配します」

「だよなあ……」

「城守さんは何も心配しないでください。うまく説明しますから」

祖父がどこまで知っているのかは不明だが、城守さんが悪者になるようなことだけは絶対に避けたい。

やってきたエレベーターに乗り込むと、城守さんは一緒に入ってきた。

「俺も行く」

「え、いや……」

「俺も行くわ」

「ハイ……」

エレベーターが最上階の二十階に着いた。

さて、なんて言ってごまかそう。

ふたり揃《そろ》って入室した。椅子に座る祖父はわたしが思っていたよりも顔色がよく、元気そうで、まずそこにホッとした。

祖父が予定外の訪問者である城守さんに視線をやった。

「木質製品事業部の城守蓮司《れんじ》です」

わたしが口を開く前に、城守さんが深々と頭を下げた。

「このたびは申し訳ありません。私が小鳩さんに横恋慕をして邪魔したせいで彼女は鷹司さんに誤解され、破談となりました。彼女は誤解を解こうとしましたが、それはうまくいかなかったようです」

城守さんの台詞に驚いた。なんとなく筋が通っている気もするけれど、そんなことを彼がわざわざ言う必要がないので少し違和感がある。

「お祖父様、この方は無関係です。結婚について相談に乗っていただいてました。でも、わたしはやはり、誰とも結婚したくなかったんです。だから破談にさせていただきました。申し訳ありません」

城守さんを見ると睨《にら》まれた。

「なんですかその顔」

「嘘《うそ》言わないでよ……俺が、邪魔したから誤解されたんだろ」

睨まれたまま妙にハキハキ言い聞かせるように言われるが、目を逸《そ》らした。

「嘘はそちらです……城守さんはわたしのことをずっと応援してくださいました。わたしは、社会性が欠如しているのでやはり結婚をしたくなかっただけです」

「いーや、違うね。小鳩さんはちょっとズレてるけど、それでも自分を犠牲にしても祖父《おじ》君《ぎみ》を安心させようとがんばってた」

「それでも結局ひとりがよかったんです」

祖父そっちのけで軽い言い合いになっていると、祖父が口を挟んだ。

「ああ……もういい。大体わかった。仕事に支障がなければ細かいことは問わない」

思ったより突っ込まれなくてよかった。ほっと息を吐いた時だった。

「ただ、ひとつ。私が今一番聞きたいのは……」

「はい」

「君達の関係かな」

「えっ」

思わず、城守さんと顔を見合わせた。

「ですから私が一方的に……」

「違います！　城守さんは……わたしが、誰でもいいって、適当に結婚相手を探そうとしたときに、お祖父様の気持ちになって考えろって……誠実で大切に思い合える相手を探すべきだって、そう言ってくれたんです」

「……あのさ、小鳩さん……」

「あと！　結婚なんてしたくない、自分には無理だって、投げ出そうとしたときも……励ましていただきました」

城守さんは諦《あきら》めたように息を吐いて黙った。

「……お祖父様、わたしは、最初お祖父様が古い価値観で結婚を押し付けてると思ってました。だから、誰でもいいから結婚すれば、安心するんじゃないかって、そう思っていました」

「…………」

「でも最近、その気持ちが、やっと少しわかったんです……」

祖父は穏やかなまなざしでわたしを見ていた。

「本当は、お祖父様はわたしに結婚させたかったわけではなくて……だって結婚させたいだけならお見合いをさせればいいことですし……」

家ではいつも姉と兄が中心で輝いていて、わたしはいつも悪気なく忘れられていた。

誰にも構われない、できのよくない末っ子。

きちんと目をやってくれて、心から可愛《かわい》がってくれたのは家族で祖父だけだった。

話していたら、なんだか泣きそうになった。

「お祖父様は、ご自分が、いなくなったあと……わたしが……この世で大切に思える人間が誰もいなくなるんじゃないかって……そう思って……心配していたんですよね」

ひとりでも構わないと思っていた。幸せだった。

でも、周りに誰もいない生活を送っていても、わたしにはずっと祖父がいた。自分を大切に思ってくれて、自分が大切と思える人がずっといた。精神的に孤独にならなかったのは祖父のおかげだった。

彼がいなくなってしまったら、わたしは自分でも予想していなかった新しい孤独にさいなまれることになるだろう。

結婚相手を見つけようとすれば、社内の人間との関わりは多少は増える。それは男性に限らず、女性にだって、相談することもあるかもしれない。わたしが人と自分から関わるきっかけになる。祖父はきっと、そんなふうに、考えた。

「だから……きっと、結婚なんてしなくても。お祖父様はわたしに……そういう人を、自分で探そうとして欲しかったんだと……」

わたしはそこまで言って想《おも》いを吐き出すように静かに泣いた。

しばらく、黙ってそれを見ていた祖父が、わたしが落ち着くのを待って口を開いた。

「亜子、実はね、今日はほかに大事な話があって呼んだんだ……」

「外しますか？」と聞いた城守さんに、祖父は「いや、構わないよ」と鷹揚《おうよう》に答えた。

「以前に、私の患ってるものは手術不可能で……残りの時間はだいたい一年だと言ったと思うが、覚えているかな」

「はい」

そんなこと忘れるはずもない。

「私もそのつもりでずっと挨拶《あいさつ》回りをしていてね……少し前に旧《ふる》い友人の医師と久しぶりに会ったんだ。そうしたらな、そいつに、ずいぶん元気そうだ、見た目が変わらなすぎると不思議そうにされて、もう一度別の場所で検査することになった」

「はい」

「そうしたら、まぁ、別の手術可能な病だったことがわかってね、先日そちらの手術に無事成功した」

「えっ」

「私もいい歳《とし》だから、無駄に期待を持たせてもなんだと思って、確実に治ってから言おうと思って黙っていた。遅くなってすまないね」

「…………つまり」

「治ったんだよ。亜子」

祖父はどこかいたずらめいた笑いをニッと浮かべた。

「え、もう死にませんか？」

「死ぬけど、まだ死なないな」

「本当に……？　あと千年くらい生きていただけますか？」

「それは難しいが、十年くらいは生きるつもりだよ」

あまりの喜びにぼうぜんとしてしまう。

「よかった……うれしい……うれしいです」

せっかく収まった涙が、喜びでまた出そうになった。

「まぁ、そういうわけだから。結婚相手は無理に急いで探さなくてもいいぞ」

「えっ、あ、はい」

「でも私の気持ちは変わってないよ。わかってくれたなら……五年、十年かけてもいいから……きちんと恋愛するなり友達を作るなりして、先の人生のことをじっくり考えなさい」

「はい」

それから祖父は軽い感じで「城守くん、孫が馬鹿でごめんね。ありがとね」と言って、話は終わった。

部屋を出て、城守さんと顔を見合わせた。

「よかったね」

「え？」

「会長、よくなって」

「はい。すごく安心しました。これで……」

　そのとき、これでもう、彼に結婚の相談をすることはないのだという当たり前のことに気づいた。

　どこか気まずいような気持ちで彼を見ると、彼は気負わない顔で笑ってみせた。

「城守さん……今まで、本当にありがとうございました」

「いや、お別れじゃないんだからそんな湿っぽくならなくていいよ。本当よかったじゃん」

「はい……」

「俺も小鳩さんの婚活がなくなると少し寂しいけど、そういうのはやっぱり無理して急いで探すもんじゃないと思うしね」

「はい」

「会社ですれ違ったら今まで通り挨拶くらいはしてね」

「当たり前ですよ」

「うん。本当によかったね……」

　わたしの婚活と城守さんの関わりは、その日、あっけなく終わることとなった。

第十話　婚活始めました。

五月になって、およそ八ヶ月ぶりにわたしの日常が戻ってきた。

わたしは以前と同じように、毎日出社し、業務内で必要最低限だけ人と言葉を交わし、帰宅後や土日はのんびりとひとりで過ごしている。好きなときに好きなものを食べ、行きたい場所を見つけたときにはひとりで行く、焦りのない気楽なおひとりさま生活だ。

ただ、以前とは少し違う部分もいくつかあった。

ショートケーキ王子こと鷹司《たかつかさ》倫太郎《りんたろう》は最近会社を解雇されることとなった。ある女子社員への脅迫行為が発覚し、そこから支社でやっていた横領が明るみに出て、一部の経歴詐称までポロポロ出てきてしまったらしい。なんとなく、あの日の諍《いさか》いの原因が彼にあったであろうことは世間では暗黙の了解となっていた。

わたしはその余波ともいえるものを受けた。あれだけ会長の孫であることを隠していたのに、小田《おだ》さん経由でバレてしまい、結局腫《は》れ物扱いされている。

必要がなくなった途端、社内の男性に声をかけられることも多くなり、大変わずらわしい。特に今声をかけてきている男性社員たちはことごとく、わたしが会長の孫だと知ったから寄ってきているのが見え見えなので、バッサリお断りしている。改めて、婚活の最初に城守《きもり》さんに隠せと言われてよかった気がする。あのころは誰でもよかったから寄ってきた誰かと婚約していたかもしれないけれど、それがよいことにはならないのを今のわたしはもう知っている。

そんなふうに、わたし自身の内面も以前とはほんの少しだけ変わっていた。

書類仕事以外の業務はできる限り避けていたけれど、少しずつ進んで受けるようになった。婚活時に社内の人間との関わりがあって、苦手意識が少し減ったのもあり、その辺のコンプレックスを解消したいと思えるようになったのだ。

だから基本的には以前と同じ生活でも、少し前に進めている気がしている。

そうやって日々を過ごしていると、あっという間にひと月ほど経《た》った。

その日は他部署に新しい機材の搬入があって、そこで対応をしているうちに終業時刻になった。

総務のフロアに戻ると数人が自分の話をしているのが聞こえてきた。

「まさかロボ子が橘《たちばな》会長の孫とはねー」

今日は仕事が比較的少なかったからか、寄り合ってお菓子を食べながら噂話《うわさばなし》に興じているようだった。

「コネ入社かぁー」

「ほんと羨《うらや》ましいなぁ。楽できて」

「べつにロボ子楽してないでしょ、あんた何回残業代わってもらってんの」

「……そ、そうですけどぉ」

「みんな当然のように代わってもらってたし……早く帰りたい日に代わってもらったことない人、ここにいないんじゃない？」

場が鎮静化したのを確認して、今だとフロアに入ると、みんな一斉にこちらを見た。全員が何かもの言いたげな顔をしていたが、そしらぬ顔で席に戻った。

パソコンの電源を落とし、たんたんと帰る準備をしていると「私もう我慢できない！」という叫び声が聞こえてきた。

そちらを見ると数人がすごい勢いでドカドカ駆け寄ってくる。

「ロボ子～！」

「ロボ先輩！」

「なにごとですか」

「いい加減聞かせなさい〜！」

「そうよ！　こっちは気になって寝不足だってのー！」

「ロボちゃん、捕獲ー！」

「ぎゃあぁ」

わたしはその晩、女子社員数人により個室居酒屋へと連行された。わたし以外の女子はよく来ている店らしく、マジックで『総務』と書いてあるボトルまでキープされていた。

わたしはお座敷《ざしき》になっている部屋で、先輩二人と後輩二人に囲まれ、奥に座らされた。

「さぁ飲みなさい」

「食べなさい」

「そしてしゃべりなさい」

そう言って目の前のグラスにピッチャーのビールがドボドボ注がれる。

「ロボ先輩、これおいしいですよぉ」

言われて、お通しの筍《たけのこ》の煮物を無言で口に入れた。確かにおいしい。ビールとも合う。

「食ってないで飲んでないで、ちゃっちゃとしゃべりなさいよ！」

さっきは飲めとか食えとか言ってたくせに……。

「何をでしょうか」

「全部よ全部！　いきなり城守が訪ねてきた日から続けてイケメンパレードみたいになっていたじゃない！　その詳細を威勢よくダーッと吐きなさいよ！」

「鷹司倫太郎の話もよ！　今でこそご愁傷様だけど、あんときはハンカチ噛《か》み過ぎて一枚ダメにしたんだからね！」

「……なぜ、話さねばならないのですか」

「私達が気になるからに決まってるじゃない！」

首を絞められ「吐きなさい！　楽になるから！」と揺さぶられ、わたしは「グエー」とうめきながらコクコクと頷《うなず》いた。

最初はいろいろぼかして、いろんなことを隠そうとしていたけれど、根掘りと葉掘りが激しく、細かな部分にも突っ込みが入り、結局洗いざらい話すこととなった。

複数飲みが久しぶりな上、質問攻めに遭い、わたしはパカパカお酒を飲んだ。

こんなの、飲まないと正気を保てない。頭がふわふわしていく。

グラスがどんどん空いていく。

梅酒。ビール。ハイボール。青りんごサワー。日本酒に焼酎《しょうちゅう》割。

わたしも結構飲んだけれど、周りも飲み過ぎて、でろんでろんになっていく。

後輩上原《うえはら》さんは飽きたのか、途中からまったく関係ない自分の彼氏の愚痴をずっと話していて、泣き出し、周りはずっとそれを慰めている。場はどんどんグダグダになっていった。

わたしの隣に座る村西《むらにし》先輩もかなり飲んでいた。マヨネーズをたっぷりつけたししゃもを食いちぎりながら、しゅっと目を据わらせて聞いてくる。

「んでさーロボ子は結局誰が好きなの？」

「え」

「そんだけ婚活してー、一体誰が本命だったのよー」

「ホンメー……ですか」

婚活はしていたが、わたしはここまでやってまだ恋愛の枠内でなにかをやっている感覚がなかった。

わたしのやっていたのは結婚相手探しで、恋愛ではなかった。だからどの相手もそういう目で見ていなかった。

「鷹司ヘドロ王子は婚約までいったんだし、やっぱり好きだったんじゃないの？」

「いいえ、まったく」

超トロとか幻のショートケーキとか言ってたのに、ヘドロにまで落ちている。

「あ、三澤《みさわ》はロボ子から振ったんだっけ？　あいつ色々難しいよねえ」

村西先輩は三澤さんや城守さんと同期なので、わたしとは違った方向で三澤さんを難しい方だと捉《とら》えているようだ。

「三澤さんは……振る振られるの前段階れしたけろね……」

少し、舌が重い。ろれつがまわっていないのを感じる。

「えーと、同期の眼鏡くんが好きだった？」

「いえ。いい方で、すごく応援したくなりました」

「なんだっけ、結構歳上のイケメン……」

「池座《いけざ》さんは幸せになって欲しいです」

「賑《にぎ》やかな歳下の……」

「焼肉。特に関心はないです。元気に暮らして欲しい」

「えーと、あとなんだっけ」

「せいろ蕎麦《そば》王子……しっかりした方で、尊敬しておりますが、わたしは相手にされませんでした。でも、まったく未練はないです」

「えーなんなんそれ、もういない……あ、じゃあ城守？　城守残ってたね」

村西先輩は手酌で自分のグラスにビールを追加した。

わたしは目の前の皿からだし巻き玉子を箸《はし》でつまんで口に入れた。お出汁《だし》の味が口の中にふわっとひろがる。優しい味なのにしっかり旨《うま》みがあって、とても満足感がある。

「村西さん、このだし巻き玉子、すごくおいしいですね」

わたしはそれを飲み込んですぐに、城守さんにも教えてあげたいと思った。

わたしと城守さんは以前のように知らない者どうしではなかったけれど、相談することがないから連絡をとる必要はない。挨拶《あいさつ》をする程度の知り合いになっていた。

けれど、城守さんはやっぱりわたしの頭の中に相変わらず、ずっと居座っていて、おいしいものを食べたとき、うれしいことがあったとき、悲しいとき、何もないときにだって、わたしは思い出して、ついつい癖のように連絡をしそうになる。もう必要がないのに、不思議だった。

ふわんとした考えごとの世界から現実世界に戻ってくると、目の前で酔っ払った村西先輩がくだをまいていた。

「こら、ロボ子、なんで黙るの。こたえろー。城守なのか？」

「え？」

「ロボ子はー、城守が好きなの？」

聞かれた言葉に突然脳内で何かがパチリと嵌《はま》った。

まるで、ずっと探していたものを急に渡されたようだった。

「はい。……………そうです」

「えっ」

「わたし、城守さんが好きなんです」

「えっ、えぇーそうなの？　キャー！　ちょっとちょっとみんなー！　本命城守だって
ー！　ギャヒー！」

わたしは村西先輩の奇声を聞きながら、自分が口に出した言葉を実感していた。

そうだ。そうだったんだ。

だからわたしはきっと、鷹司倫太郎と婚約したときにモヤモヤしていたんだ。だから城
守さんに、結婚を止めて欲しかったんだ。

もう一度、ちゃんと言葉にしてみる。

「わたし……城守さんが好きなんです」

「そうかそうかー城守か。城守なのねー」

「城守さんが好きなんです……城守さんが好きなんです」

「わーった、わーかったから……どうどう、ロボ子」

「城守さんが……城守さんが好きなんです。好きなんです」

「ロボ子がこわれたー」

わたしは気づいた気持ちを声に乗せて、外に出した。思い切り、吐き出していた。

「好きなんです。すごく、好きなんです」

「あたしも、やっぱりタカシくんのことが好きぃー!!」

後輩上原さんが突然ガバッと立ち上がり、便乗して叫びだした。

「あたしだってレイくんが好きだよー！」

代々木《よよぎ》さんも叫んだ。

「城守さんが好きなんです」

「レイくーん！　オプッ」

「ターカシーあいじでるぅー！」

「代々木さん、吐くならトイレで！」

誰が何を言っているのかわからない状態になり、視界の端では下戸の山田《やまだ》先輩がひとり呆《あき》れた顔で撤収準備を始めていた。

鈍いわたしのことだから、こうやって聞かれて吐き出さなければ、気持ちが明確な言葉の形を作ることは難しかったかもしれない。

わたしはその答えをずっと探していて、城守さんが答えを持っているんじゃないかと思っていた。

でも、違った。城守さんは答えを持っていたわけではない。

彼は答えそのもので、答えはわたしの中にあった。

わたしはテーブルに頰を乗せてつぶれて、まだ、壊れたロボットのようにつぶやいていた。

「城守さんが、好きなんです……」

＊　＊

次の日のオフィスでは、飲みの席にいたメンバーの半数はヨレヨレだった。

代々木さんは席で液状胃腸薬を一気飲みし、上原さんは書類作成をしながら頭を押さえている。

わたしはぐっすり寝て、思ったよりいろんな意味でスッキリしていた。

隣の席の村西先輩はお酒に強いのか、いつも通り元気そうだった。

「ロボ子〜、これあんたここの部分もいつも自動でやってるでしょ。数式どうやんの」

「それは……」

「あ、ちょっと待って電話」

村西先輩は電話を取って話し始めた。最初はよそゆきの声を出していたが「だから、それは旧《ふる》い型で、生産自体が終了してるので、無理なんですって！」とかやり合い始める。

数分の攻防の末、村西先輩が不機嫌な顔で通話を切った。

「あー、クソ。もうろくジジイめ……在庫調達したっていつかはなくなるのに……」

「こちらはわたしがやっておきます」

「えー、ありがとう。マジ助かるわー」

パソコン画面に戻る。

お土産のお菓子を配っていた塚本《つかもと》さんが少しだけ打ち解けてる様子のわたしを微笑《ほほえ》んで見て、ぽんと肩を叩《たた》いて戻っていった。

村西先輩の抱えていたのは結構時間のかかるわたし向きの作業だった。少し重い作業だけど、お昼を机で食べればそのあと自分の分に取り掛かっても間に合うだろう。

最初の準備を終えるとあとは単純作業だ。わたしはもくもくと作業を進める。

集中の裏側の、脳に空いた領域で、今までのできごとが頭をかすめていく。

祖父に言われて婚活を始めてから、会社にいても関わりがなかったいろんな人に会った。

以前と同じ、変わらない生活の中でたまに彼らに遭遇すると、不思議と懐かしいような気持ちになった。

先週は朝にカレーの王子様の三澤さんと会社のエントランスで鉢合わせした。

彼はニッコリ笑って挨拶をしてくれた。

誠実で、何かにつけ真剣すぎて相手が引いてしまうと言っていた彼は、合う相手さえ見つかれば幸せな結婚をするのだろうと思う。

先日はお昼にカフェに行くと、隅の席でオムライス殿下の池座さんが梶原《かじわら》さんと話しているのも見た。

彼女は表情ひとつ見ても彼のことが好きでたまらないといった感じで、彼は少し困ったような、呆れたような顔をしていた。以前なら特に見もしなかったであろう二人の、そんな関係を自分が知っているのは少し不思議にも感じられる。

社内を歩いているときに焼肉王子が通路でぼんやり一点を見つめて立っているのを見かけたこともある。

視線の先には巨乳の女性がいた。

元気そうだと思った。

彼はその若さでこれからきっとまだまだいろんな恋をするのだろう。

ほうじ茶ラテ王子の谷沢《たにさわ》くんは先日仕事の用事で総務部に来て、そのときにほんの少し話をした。

彼女にプロポーズをしようと思っているらしい。まだしていなかったのが驚きだが人差し指をぴんと出して「手伝います？」と聞くと、「大丈夫。ありがとう」と言って笑った。

せいろ蕎麦王子はそもそもずっと、社内で見かけたことがなかった。

だから先日帰り際に会社のエントランスで、戻ってきた彼と遭遇したときは本当に会社の人だったのだなと思った。

目が合ったので挨拶をして、婚活はどうだと聞かれ、やめてしまったことを言うと、深く頷《うなず》いて「がんばってください」と激励された。彼はもしかしたら、わたしが城守さんを好きなことを、わたしより先に知っていたのかもしれない。

少ししか時間は経《た》っていないのに、彼等《かれら》と会ったときのことは、全てすごく昔のできごとのように感じられる。もうすっかり過去の思い出になってしまっていた。

ただひとりを除いて。

城守さんのことは、昔のことだとは思えなかった。彼のことだけはいまだにずっと現在進行形で続いている。

けれど現実の城守さんとは、なかなか顔を合わせることがなかった。

いや、ほかの人たちもそう頻繁に見るわけではなかったから、これは願望の強さと思い出す頻度がそう思わせているのだろう。

見たいのに、見れない。会いたいのに、会えない。

明るくて軽くて、でも実際は熱くて世話焼き。何かとお説教してきて、同時に励ましてくれた。デートに連れていってくれて、わたしの誕生日を祝ってくれた人。なんの関係もないのに、わたしの幸せを真剣に考えてくれて、協力を趣味にまでしてくれた。

結婚には興味がないと言いながら、単に自信がなくて遠ざけているところがあって、旧《ふる》いロボットを大事にしている、少し変わった趣味の人。

わたしは彼に会う口実をずっと探していた。

もっとも、関係をどうにかしたいだとか、具体的な目標があったわけではない。そこまでのイメージは湧かなかった。ただ会いたかったし、以前のように二人で話したかった。

しかし、いくら考えてみても、わたしが彼に連絡する用事はなかった。

以前は婚活とは関係のない連絡もたくさんしていたはずなのに、名目がないとそれをするのは難しかった。好きと自覚したら、連絡をするのが自分本位な欲望に思えてしまい、余計にしようと思えなくなってしまった。

ただ、たとえば何か口実ができたとき、会えたとして、そのときわたしはどうするんだろう。何を言えばいいのだろう。そこが問題であった。

だからせめて、そこを先に解消しておかねばと考えている。しかし、具体的に考えようとすると頭が白くなり、何も浮かばない。

人は恋をしたとき、どうするんだろう。どうすればいいんだろう。

ここに来てもわたしのポンコツは健在だった。

「小鳩《こばと》さん」

「うーん……」

「小鳩さーん」

顔を上げるとわたしが今まさに脳内で浮かべていた城守さんがいた。

鳶色《とびいろ》の瞳にいつもの人懐っこい笑みを浮かべて、幻みたいにそこにいた。

わたしは数秒ぼうぜんとその姿に見入り、フリーズしてしまった。

「小鳩さん？」

「はい。……城守さん。どうしたのですか」

そこでやっと我に返ることができた。フロアの小さな喧騒《けんそう》も耳に入りだす。

眼前の人は白昼夢ではなく、最新の、現実の城守さんだった。

「ちょっと話したいんだけど、上がれそう？」

「えっ」

パソコンを確認すると終業時刻を少し過ぎていた。

想定より作業量が多くて終わっていなかった。まだ少しかかる。明日《あした》にまわしてしまおうか、でも明日は明日でまた増えるので得策ではない。

「ここは私に任せて、行ってきな！」

いさましい声が聞こえてそちらを見ると、腕組みをした村西先輩だった。

「いえ、これはもともとわたしの受けたものですから」

「ロボちゃんも人を頼ることを覚えた方がいいわ。今日は上がりなよ」

山田先輩まで加勢して言ってくる。

「でも……」

課長の塚本さんがすっとわたしの目の前に来た。

「あのね、小鳩さんはね、前からミスがほとんどなくてえらいんだけど、あなたはすぐ自分でやってすませてしまうのね。もし効率のいい方法を知っていたら、できたらほかの人にも教えてあげて欲しいの」

「……はい」

「それから頼まれた書類とかでミスを見つけても自分で勝手に修正してすましちゃうでしょ。思い込みの、小さなミスとかだと、相手に教えてあげないとずっと直せないの。わかる？」

「はい」

「部署全体の効率を考えて、もっといろいろ共有して伝えてくれるようになるとうれしいわ」

「はい。すみません……」

頭を上げると、塚本さんがニコニコして「じゃ、上がっていいわよ」と言ってくれた。

え、いいの？　ちょっとぽかんとした。

後輩代々木さんを見ると、いさましい顔で小さくガッツポーズを送ってきたので苦笑いする。

わたしは鞄《かばん》を持って、少しだけいさましい気持ちで退勤した。

わたしはやっぱりひとりでいるのは好きだ。

それは変わらないけれど。

今まで彼女達に、必要以上に壁を作っていたんじゃないかって、そんなことに気づいた。

「なんか、総務の雰囲気変わった？」

部屋を出たあと、城守さんが少し笑いながら言うので答えた。

「いえ。きっと、前からああだったんです」

＊　＊

城守さんと最初に行った、会社の近くの洋食屋さんに入った。

「今日は……どうしたんですか」

「どうってこともないんだけど……ちょっと様子見っていうか、話したいと思ってさ……。迷惑だった？」

「そんなわけないです……うれしいです」

世話焼きな彼らしい理由に胸が温かくなった。城守さんはわたしと違ってものすごく気負いなくそんなことをする。

久しぶりだったので、わたしはここ最近、瞬間的に連絡をしたいと思ったときのことをいくつか話した。改めて顔を突き合わせるとそのほとんどはかなり陳腐でくだらないできごとだったけれど、彼は以前と変わらず聞いてくれた。

食事はやっぱりおいしくて、ゆっくりと食べたけれど、あっという間になくなっていくような感じがした。

「小鳩さん、どうしてるかなと思ってたから、元気そうでよかったよ」

実際はそんなに時間は経っていない。ひと月くらいだ。

だけど彼も同じように思ってくれていたのがうれしくて頷く。

「城守さんも、お元気そうで安心しました」

安否を確認しあったあと、なんだか少し、お別れみたいだなと思った。

わたしと彼の関わりはある日突然ぷつんと糸が切れたように終わったので、改めて最後の挨拶《あいさつ》をしているように感じた。

わたしと彼は、もしかしたら友達付き合いをするには違い過ぎる。だから何か理由がないと会うのは不自然なものなのかもしれない。

だからその食事は気まずくないし、楽しいものではあったけれど、どことなく焦ったような落ち着かなさが自分の中にあった。

「もう少し話してもいい？」

笑いながらそう言われて食事のあと、お店の近くの公園に入る。

わたしの感じていたお別れの挨拶の感じはそこで増してしまった。

夜の公園は寒くもなく、ただ気持ちがよかった。

わたしと彼は隅のベンチに並んで腰掛けた。月と星が出ていたけれど、彼の祖父母の家で見たものよりは少し見えづらい。

どことなく、少し、現実感が薄くなる。

「とりあえず、あの婚約者のこと……小鳩さんが正しかった。先に止めてあげられなくてごめんね」

城守さんが思わぬことを気にしていたのでびっくりした。

「いえ、わたし、実はあの瞬間も……祖父が亡くなるまでは、見なかったことにしていようかって……迷ってしまってました」

少しタイムラグはあったけど城守さんが壊してくれたのには違いない。

「それに、結婚が嫌だったのはあの人自身がどうとかではなかったです」

わたしはそのときすでに、ほかに好きな人がいたわけだから、拒絶反応も出る。そこは誰が相手でもきっと同じだったろう。

いつからだろうか。人見知りなはずのわたしが気がついたら城守さんとは砕けた会話をできるようになっていて、自然に連絡をとりたい相手になっていた。

婚活の議題がないからなのか、せっかく公園で延長戦になったというのに珍しいくらい沈黙が流れていた。わたしと彼はふわふわとした夜の中、昔会った人と旧交を温めるようにそこにいた。そうして、その時間はおそらくもうすぐ幕を下ろす。

このまま帰っても、今日はいい日だったと思うだろう。でも、次に会うのはいつだろう。

社内のイベントなんて他部署をひっくるめたものはそうないので、だいぶ先になる。そこで会ったときには今より距離が空いていて、関係はよそよそしくなってしまうかもしれない。それに、それまでわたしは廊下ですれ違う瞬間を待ちながら数ヶ月過ごすのだろうか。いかにもわたしらしくて呆《あき》れる。

わたしは彼を好きになった。

忘れていたわけではないけれど、思い出してしみじみ顔を盗み見る。

やはり、間違いなく好きだった。せっかくこうして会えたのだから、彼がその機会を与えてくれたのだから、わたしもがんばらなければならない。

わたしが初めて自分から作りたいと思った人間との関わり。

谷沢くんに言ったことを思い出す。このままだとどうせきっと消えてしまう。

誰かを好きになる、そんな機会はわたしの人生におそらくそうないのだ。

今、何か言わなければ、きっとわたしは何年もあとまで、あのとき何か言えばよかったと思い続けることになる。

決心を固めようと、ごくりと唾《つば》を飲み込む。なぜだか喉《のど》がカラカラだった。

やっぱりまた今度にしようと脳内のわたしがささやく。出直して、言う言葉だって先にシミュレーションして来たほうがいい。わたしはこういったアドリブには弱いのだ。

でも、先のばしにすると今度は機会を作るところからになる。

六月の夜の風が頰を撫《な》でて、時間だけが経《た》っていく。

一秒一秒が貴重なものに思えて、あとどれくらい隣にいてくれるかを考えて焦る。一度だけ行ったデートのときも、こうやって黙って座っていたけれど、わたしはこんなに焦っていなかった。

わたしは、のんびりとした顔で会話を急ごうとしない城守さんの横で、忙しく考えていた。

何か言葉を吐こうとするたびに心臓がばくばくとうるさくなって、極端に弱気な自分がどんどん顔を出してくる。自分には恋愛は向いていないのだから、ひそかに想《おも》うだけでもいいんじゃないのか。おじけづいてそんな考えまで脳に浮かぶ。

そこをいさめたのは脳内の城守さんだった。

「だーいじょうぶだよ。さっさと何か言え」

呆れた顔でそんなことを言う彼が浮かんだ。わたしはもう何度も、弱気なときにこうやって、こともなげに背中を押されてきていた。だからすんなり顔が浮かんでしまう。

脳内の城守さんに背中を押され、現実の城守さんのほうを向いた。

何を言おう。以前は気軽に会えたけれど、今では本当に、会う機会はぐっと減ってしまった。だからまた会いたい、それだけなのだけれど、どう言葉にしていいのかわからない。

わたしは婚活していたときのように、彼とまた会いたいし話したい。

そう思ったときに口から言葉がするっと出てきた。

「あの……」

黙って空を見上げてぼんやりしていた城守さんが、わたしの声に「うん、なに」と言って顔をこちらに向けた。

「城守さん、わたし、最後に……もう一度だけ、真剣に婚活してみることにしました。手伝っていただけませんか」

「え、えぇ？」

思ったより微妙な顔をされてしまったが、そのまま続ける。

「相手は……たとえていうなら、ハンバーグ王子です」

「誰……」

「城守さんです」

「……俺、ハンバーグなの？」

「汎用性《はんようせい》の高さと守備範囲の広さから、妥当ではないかと……」

城守さんはしばらく面食らった顔をしていたけれど、やがてくすくす笑い出した。

「……いいよ。手伝ってあげる」

城守さんがベンチに座ったままわたしの片方の手をぎゅっと握った。

「俺も話そうとしてたことがあってさ、いい？」

「はい、どうぞ」

城守さんは前を向いて、はぁと大きく息を吐きだしてから話し始める。

「小鳩さんて、お嬢様だからかもしれないけど、こう、人の悪意を気にせず突っ込もうとする感じとか、見ててハラハラして……なんっか、放っておけなくてさ」

「はぁ」

「俺は頼まれてからずっと……小鳩さんをなんとか幸せにしなければ、どうしたら小鳩さんが幸せになるのかって四六時中考えてたんだよね」

「父親みたいですね」

ふふ、と笑って言うと、彼も笑った。

「うんそう、それこそ父親みたいに……」

「はい」

「でもあるとき気づいたんだけど……」

「うん？」

「俺、小鳩さんの親類でもなんでもないじゃん？」

「そうですね」

「だったら俺が幸せにすればいいのかなーとか思ったりもしたんだけど……」

どきりとして顔を見た。

城守さんは空を見ていたけれど、わたしが見ているのに気づいて笑った。

「でも、俺から見て、俺、全然ふさわしくないじゃん？」

確かに、城守さんの基準からはだいぶ……激しく外れるのかもしれない。

「でもそれは……城守さんの基準が厳しすぎるのではないですか」

城守さんはジロリとこちらを睨《にら》んだ。

「厳しくていいんだよ。俺は亜子《あこ》を、ちゃんとした優しくて誠実なやつとしか添わせたくない。もう俺の脳がそうなってんだよ。ずっと考えてきたのをいまさらぶち壊すなんて絶対ごめんだ」

「はぁ」

「だからまぁ、やっぱ他のやつに任せるべきかなーとも思ってたんだけど……なんだかんだそれも嫌になってきてさ……」

「………」

「やっぱ俺が幸せにしたいから……俺がそうなるしかないかなって思った」

「……はい」

「だから、そういうつもりでがんばろうかなと思った……って話なんだけど、どう思う？」

聞いてて少し、泣きそうになった。この人は本当に最後までわたしの婚活に真剣に向き合ってくれる。

だからわたしは小さな声で「……よろしくお願いします」としか言えなかった。

「うん。俺は、俺の基準で思う、亜子にとって最高の男になってみるわ」

「わたしにとって最高ではなく？」

「亜子の最高はショボいからなー……」

「そんなことはないです。基準は変わりました」

「どうなったの？」

「ただ結婚してくれる人ではなく、わたしが、好きだと思える人です」

「おお……成長したな」

「切羽詰まった状況から解放されたのもありますけど……そんなに感心されると多少心外です」

「うん、いいんじゃない？」

それから二人、少しの間、空を見ていた。

月が出ていたけれど、風で動いていく雲に半分隠される。

緊張から解放されたわたしは、ピントを合わせず視界の中でぼんやりとそれを見ていた。

「亜子が警戒したような顔で黙ってるから、びみょーに話しづらかったんだけど……話せてよかったよ」

妙に黙っていると思ったら、彼は彼で柄にもなく緊張してくれていたようだ。

「わたしは警戒ではなく……脳内シミュレーションしておりました」

「はい？」

「今日別れたら、もうしばらく会えない気がして……なんて言えばいいのか」

「ああ、そっか」

「婚活……付き合う前段階から始めてもいいでしょうか」

「えー、うーん……」

思いのほかしぶられた。けれど、数秒後すぐに頷《うなず》いてくれた。

「まぁ、いいよ。なんでも。合わせる。……でも」

そう言って城守さんが座ったままわたしと上半身を向かい合わせた。

「……でも？　わっ……」

「でも」の「も」を言い終わらないうちに、城守さんが勢いよくわたしを胸に抱きこんだ。

「これくらいはまぁ……ちょっと先にさせて」

思った以上に固くぎゅうぎゅうに抱きしめられて、少し息が苦しいのに、ドキドキした。

密着した体温の温かさと、謎の幸福感が体にじわじわと広がっていき、わたしの周りの空間が同じように広がったような錯覚がした。

ものすごく近寄らないとわからない程度に、微《かす》かに香水の匂いがする。

スーツの生地の感触、夜の空気の感触。遠くを走る、車の音。風がガサガサと植え込みを小さく鳴らすような音まで。

普段なら何も感じないような細かな情報が五感から入り込んでくる。

好きになった人がこれ以上ないくらいにそばにいる。

恋をしたことで生まれた、小さな飢えのような感覚が満たされていく。

それから、思った以上にうるさい自分の心臓の音を感じていた。

その腕は思っていたよりすぐ離れたけれど、強烈な中毒性に、わたしは名残惜しくしばらく捕まっていた。

「……で、どうやって始めよっか」

城守さんが至近距離で笑みを浮かべてみせる。

「アドバイスは、いる？」

「いえ、わたしも、城守さんのおかげで多少レベルアップしたんで……そうですね、手始めに……」

「うん？」

「デートに誘ってもいいでしょうか？」

城守さんは「いいに決まってるじゃん」と答えてくすくす笑った。

「そうしたら、あ……」

「どうした？」

「わたしが、城守さんと行きたい場所を調べてからでもいいですか」

「うわー、時間かかりそう……」

「いっぱいありますし、早く行きたいから大丈夫です。絶対に、連絡しますね」

「……んー、じゃあ待ってようかな。でも、とりあえずはさ、今日家に帰ったら連絡してよ」

「はい。無事に帰りました。あなたのことを考えて寝ますって、送ります」

「本当成長したなー」

「成長もしましたが、これは成長ではないです。自然にそうしたいと思っています」

「うん」

「城守さんは、婚活相手とアドバイザー、がんばってください」

「結局両方やるのかよ！」

　そうして、わたしの最後の、楽しい婚活が始まることとなった。

エピローグ

電車を降りてから自宅への帰り道、ずっと心臓が小さく高鳴っていた。

これから、どんなふうに連絡をしよう。

どんな場所に出かけて、どんなふうに告白をしよう。何を考えても楽しかった。

ずっと、ひとりでいいと思っていた。むしろ、ひとりがいいと思っていた。

それだって、ひとつの幸せだと今でも思うけれど。

億劫《おっくう》で、自分にはいらないと思っていたものがこんなにも形を変えたことに感動をしていた。恋をするって、こんな気持ちなんだ。

きっと怖いことも、情けなく思うこともあるだろうけれど、それを押しのけても好きでいたい相手を見つけることができた。

いろんな想《おも》いが頭を駆け巡って、興奮していた。

わたしは地元の駅を出て、夜の街を年甲斐《としがい》もなく駆けた。

こんなに全力で走るのなんて、学生時代以来だった。そんなことを、しようと思ったこともなかった。

わたしには大人になって、する必要がなくなって避けていた、そんなことがたくさんあった。そんなことを、ひとつ、またひとつと見直してみてもいいんじゃないかと思えてきた。

だから走ってみた。

すぐにスピードが落ちた。

足が重くなって、息が苦しくて、ぜんぜんぐんぐんとは進めなかったけれど。

それでも、わたしは前進している。

通り過ぎる街の光はきらきらして見えて、どこにでも行ける気がした。

部屋の前で息を整える。部屋に入ってすぐに連絡をした。

連絡をするために急いで帰ったような気もする。

すぐに返事があって、わたしはしばらくそれを眺めていた。

それから、わたしはやっと見つけた大事なことを祖父に報告しようと思い立つ。

電話をかけようかと思ったけれど、時間が遅かったのでメールにすることにした。

たくさんの文章を作った。

電話だったら色々話していたかもしれないけれど、文章にしようとすると、どれも余分な装飾や余計な言い訳みたいな感じがして、結局ずらずら書いたものは全部消してしまった。そうして、手紙ができあがった。

わたしは短いメッセージを送信する。

内容はごく短くて、書き出しにはこう書いてある。

『好きな人ができました。』

細かなことはあまり書かなかったけれど、祖父はすごく喜んでくれる気がした。

番外編　城守蓮司の結婚観

俺が小鳩亜子《こばとあこ》を初めて認識したのは春だった。

新入社員を眺めていたときだ。女の子を見るのは好きだ。

彼女は顔立ちそのものは美人系といえるのだろうが、表情が薄く顔の印象がどこか薄かった。自分は人の顔を覚えるのは得意なほうだったけれど、あとからどんな顔だったかなと、思い出せなくなるタイプ。印象が薄いのが逆に印象に残ったが、そのときは本当に認識をしただけだった。

二度目は用事があって総務部に行ったとき。

「ロボ子ー、どこいったー」

同期の村西《むらにし》が叫んでいた。

どんな子がそんなあだ名で呼ばれているのか、気になってなんとはなしにそちらを見た。

小鳩亜子が特に表情なく、机の下からひょっこりと出てきた。

「うわ、何してんの！」

「ペンを机の下に落としたので拾っていました」

「あ、そう……今日終わってからみんなで飲みに行くんだけどあんたはどうする？」

「行きません」

ロボ子こと、小鳩亜子は表情ひとつ変えず言い切って、もう意識は仕事に戻っている様子だった。それを見てそれまでの無個性な印象が一気に扱いづらそうなタイプに変わった。

村西はさほど期待もせず、一応声をかけておいたといった感じだった。特に気分を害した様子もなく軽い調子で「ハイハイ、了解」と言ってこちらに向き直る。

「ごめんごめん。城守《きもり》、なんだっけ？」

「コピー機が死んだ」

「またぁ？　あんたのとこ呪われてるんじゃないの？」

「なんの呪いだよ……」

「ちょっと先に見せてもらうわ」

フロアを移動して目的の用件について少し会話してからなんの気なしに聞いた。

「さっき飲み断ってた子、新人？」

「そう。お仕事ロボットのロボ子。コミュ力は猛烈に低いけどデータ入力はメチャ速でノーミスなんだよね」

「それは総務だと少し使いづらそうだね」

「まぁねー。でも面白いからまぁいいよ」

「面白いですむのか」

「あの子付き合いは極端に悪いけど、それ以外はべつに無礼でもないんだよ。むしろ礼儀正しいほう」

あそこだけ切り取って見るとかなり気難しそうなのに村西がこういう扱いをしてるということは、そこまで人格に問題があるわけではなく、仕事面でも使い方はあるのだろう。用途を間違えなければ問題なく使えるというそれはまさにロボットだ。

＊　＊

記憶のポケットにひっそりと止《とど》められた小鳩亜子に結婚を申し込まれたのは、それから三年後の秋のことだった。

そこまでで会話らしい会話はしていなかった。

びっくりしたが、思わず数秒考えてしまった。しかし、そのまま総務部の小太り禿《は》げジジイに同じように申し込んだのでだいぶ戦慄《せんりつ》した。

なんだこいつ。軽い憤慨と共に一気に興味が膨れ上がった。話をしてみたい。まだ学生気分を引きずっていたころ、自由にやりすぎてイエローカードが出たのでそれからは社内の女性と二人きりで食事をしたりはしないようにしていた。

でも、彼女は友人ですらないし、やましい気持ちがあるわけでもない。これは純粋な好奇心だ。特例としていいだろう。

俺は決めていた自分ルールをあっさり破ることにした。

彼女はフォークやナイフの使い方がうまく、ものすごく機械的に食べるのが見ていて面白かった。よくよく見ているとわずかに目を細めたりしていて、まるでどこかの爺《じい》さんのようにしみじみ味わっているのがわかる。

話してみると確かに、だいぶおかしいところもあるが、無礼な感じの子ではなかった。

脳みそが極端に融通のきかないタイプではあるが、本人なりの理屈はあり、ある種の真面目さも持っている。なるほど村西の言っていたニュアンスもわからないでもない。

しかし亜子は結婚という目標を目的としか考えないズレた女だった。もしかしたら時間制限がなければもう少しまともな思考をしていたのかもしれないが、高いハードルを前に、焦って結果を出すことを優先的に考えていたのだろう。色々と酷《ひど》かった。

ほかのものならともかく、ものが結婚だ。放っておくと確実に不幸な結婚を決めそうな雰囲気があった。

その日の会話の流れで彼女の結婚相手を一緒に探すことになって、俺の生活は変わった。人生や、思考が変わったといってもいいかもしれない。

ひとりの女性を幸せに結婚させることを真剣に考えたとき、自分の中でずっと投げ出すように放置していた両親のことが最初に頭をよぎった。

父は俺が小六のある朝「これから結婚式に行ってくる」と言って家を出ようとしたことがある。

「誰の？」と聞かれて「俺の」と答えた父はそのまま出ていった。

しばらく母も俺もぽかんとしていたが、数秒後、母がびっくりした顔で追いかけていった。よほど慌てていたんだろう。サンダルとパンプスが片方ずつ玄関に残されていたのを覚えている。

蚊帳《かや》の外にされていたので詳しいことは知らないが、当然そのあと揉《も》めていた。

父は役者をやっていて、変わり者だった。そして周囲の影響なのか、『浮気は芸の肥やし』というような芸事の世界の特殊な価値観を持っていた。何を言われても、根っこの部分であまり悪いと思っていないようだった。

しかし、一般的な価値観を持つ母は、どう転んでも浮気を容認する人間にはなれなかった。そのたびに話し合いは持たれていたようだが、結局は同じことの繰り返しだった。

だからその後も、父の浮気による家庭内事件は何度かあった。

母は周りから、なぜあんな男と結婚したのだと、早く離婚しろと言われ続けていた。

彼女は結婚に失敗した。当たり前だが母が結婚したときには俺はいなかったし、その後も幼くて、何もできなかった。もし母の結婚に自分が関われていたら、絶対にあんなやつとは結婚させなかっただろう。

俺にとって、一番結婚相手にしたくない男の象徴、それが自分の父親だった。

理想的な結婚相手はあいつとかけ離れた男にしたいし、するべきだろう。

同期の三澤《みさわ》。あれにしよう。

女子受けはさほどよくないが、ルックスと人柄と誠実さと、かなりの好条件だ。

多少真面目すぎで融通のきかないところはあるが、小鳩亜子も似たような朴念仁気質はあるので合うのではないかと簡単に考えた。

自分の中に父親への強いわだかまりを発見したものの、そこでストンと結婚が決まっていたなら、俺の人生はまたそれまで通りに進んでいただろう。

そうはいかなかった。

彼女は三澤とはうまくいかなかった。俺は亜子のことを人とズレたロボット女だと思っていたが、俺のほうも人間同士の結婚を机上の条件の組み合わせとして考えていたのかもしれない。

人と人は条件だけでは合致しない。そこには心があるし、ずっと一緒に暮らしていくのだから人間的な相性も必要だった。三澤も亜子も、悪人ではなかったが、それでも合わないことはある。お互い表面的に合わせられる適応性がなかったのは幸いかもしれない。破滅的に合わないのに取り繕うとあとあとの亀裂《きれつ》は大きくなっていただろう。

しかし、うまくいかなかったことで、なおさら闘志が燃えた。何がなんでも、どんな手を使ってでも、幸せな結婚をさせてやる。

俺は亜子の結婚相手として、今度は多少女慣れ、恋愛慣れした余裕のある人がいいだろうと歳上の池座《いけざ》さんを紹介した。

しかし、今度はそれが仇《あだ》になって途中で邪魔をされてしまった。

亜子は結婚という目的に対しては懸命だったが、相手に対する必死さがなかった。

もう少しそちらにも執着というか懸命さが必要な気がしたけれど、少なくとも恋愛は無理して懸命にやるものではない。特に亜子のように恋愛をしてきていない鈍いタイプは数を重ねている女性と違って、意識的に恋愛気分を高め、相手と恋愛しようとしてするような器用な真似《まね》はできないだろう。

ならば自然に恋愛をしたほうがまだ早いのではないだろうか。そう思って三澤のパーティで会った若い男を紹介した。

最低限の条件をクリアした上で、今回の最重要事項は亜子への好意があるというところだった。人は好意を持たれている相手には恋に落ちやすい傾向がある。

しかし、そこでまた予想外のことがおこった。

焼肉男加藤《かとう》が亜子にあからさまにベタベタ触れて、それにものすごく腹が立ったのだ。

スケベ野郎は駄目だ。いくら結婚相手の候補といえども俺の目の前でセクハラするようなやつは耐えがたい。これはもし俺が、娘に見合いを用意した父親の立場だったとしても当然思うところだろう。何もおかしくない。

しかし、俺は彼女の父親ではなかった。

このへんから亜子の結婚相手探しに対する俺の意識が若干の迷走をみせはじめた。

純粋に合う相手を見つけなければならないのに、俺による余計な注文が内部でひっそりと加わってしまったのだ。彼女が幸せになれる条件を考えるべきで、俺の個人的な要望はそこに入れる余地はない。しかし、そのあとも個人的な感覚で何人か候補を省いた。

勘は大事ではある。でも何かがどこかで狂っていて、おかしい気がする。それでも、時間はない。

冬が終わりのきざしをみせて、リミットの夏が近づいていた。

なんとなくの流れで母の実家に連れていったとき、彼女は旧《ふる》い家と何もない周りに、小さな感動を覚えたようだった。わかりやすくはないが、その日彼女がかなりはしゃいでいるのが見て取れた。

この辺りになると俺は最初のころ無機質で無表情に見えていた彼女の表情にはっきりと変化を見出《みいだ》せるようになっていた。

いや、本当は以前からちょくちょく感じてはいた。俺の親の話を聞いて泣きそうになっていた顔を見たとき。誕生日のケーキを食べてじんわりと幸福そうな顔をしたとき。バレンタインにチョコレートを渡してきたときの顔なんて、無機質とは程遠かった。

関わり合う中で見えてきた彼女は不器用で歪《いびつ》なだけで、本当は今まで会った誰よりも人間臭いやつだった。

失敗を恐れる臆病さや、自己評価の低さに繫《つな》がるコンプレックス。それと併せ持つ妙な素直さ。人との関わりを嫌いだと言っているが、ズレた場所で異様に気を遣ったりもするチグハグさも。なんとなく、彼女がずっと恋愛をしてこなかった理由がわかる気がした。

自分が世界の中でそれなりのバランスを取りながら生きるだけで、いっぱいいっぱいだったんじゃないだろうか。

上手に生きるのが下手過ぎて、つい見ていたくなるし、手を伸ばしたくなる。何が原因かはわからないが、関わるほどに自分にとって、ものすごく構いたくなるタイプだった。

このころになると、俺は四六時中、亜子の結婚相手について脳内で勝手に候補の提案と却下を繰り返し、付き合ってもいないのに付き合ったあとの余計な心配までシミュレーションして過ごしていた。基準がだんだん厳しくなっていき、候補は減るばかりでなかなか増えない。

行き詰まりを打破したのは亜子だった。

ある日、出張から戻ると亜子があっけなく婚約を決めていたのだ。途中電話もあったが、聞かされていなかったので驚いた。

相手は鷹司《たかつかさ》倫太郎《りんたろう》。俺は最近では社内の独身男性にかなり精通しているヤバい男だったが、今ほど詳しくなかったころから名前だけは聞いたことがあった。王道ショートケーキ系王子だ。これから付き合うなら調べただろうけれど、やめた。

せっかく婚約までこぎつけているようなのに、他人の婚約者を掘って難癖をつけることになりかねない。難癖をつける自信はあった。

俺はこのあたりで多少冷静さを欠いていた。自分の難癖なのかきちんとした調査結果なのかを見定める自信がなかった。だから調べなかったがそれは誤りだった。

そいつは海外支社から戻ってきたばかりで情報が少ないのはあったけれど、きちんと見ればすぐにわかるタイプのクズだった。

それを無事にぶち壊して、俺の、短くも濃い婚活の手伝いは終わった。

それは同時に、彼女との関わりの終わりでもあった。

けれど、それからも俺は相変わらず、小鳩亜子が幸せになれる結婚相手を考え、探し続けていた。俺は彼女との関わりが始まってから自由時間や暇つぶしをすべてそれで埋めていた。癖のようになった思考は抜けず、以前のように余暇で人とたくさん会う気にもなれない。

彼女が幸せになれる相手を探していろんなやつを観察する。社内だけでなく、取引先の男も見た。その中には当てはまる可能性のある男もいた。彼女はもう婚活をしていないけれど、会わせることは可能だろう。

そのための連絡をしようとしてスマホを手に持ったけれど、結局やめてしまった。

亜子の婚活が終わってからしばらく経《た》った五月。

せいろ蕎麦《そば》男の小桑《こくわ》と昼飯にラーメンを食いながら、日々に微妙な張り合いのなさを感じていたときのことだった。

「城守さん、小鳩さんとはどうなったんですか？」

小桑がしれっとした顔でそんなことを聞いてくる。

「どうもなってないけど……そういやお前なんで断ったの」

「小鳩さんは素敵な女性だと思いましたけど、城守さんの注文がうるさくてですね……なんだかんだ面倒な注文つけて、本当は渡したくないんだろうと思いました」

「俺そんなに面倒なこと言ってたか？　基本的なことばっかだろ……」

「カジュアルに紹介する相手には言わないようなことばかりだと思いました。忌憚《きたん》なく申し上げると、絶対あとからうるさそうだし、面倒くせえと思いました」

「あー……」

誠実に、粗雑に扱わない。要約するとその程度のことだったけれど、よく考えたら友人に人を紹介するような場では言わないことかもしれない。

「俺言いましたよね、そんなに言うなら城守さんが結婚すればいいって。なんでそうしないんです？」

「なんでって……」

そんなのは決まっている。

「俺は、俺の決めた条件に合わないからだよ」

もうひとり俺がいたら間違いなく候補から除外する。

小鳩亜子に幸せな結婚生活をさせる男のことを、俺はたぶん一番考えている。

亜子本人の脳内はわからない。そこには俺のイメージしかない。ほかならぬ俺の基準でしかないので、俺が一番よく知っている。

「なら、城守さんが条件に合う男になればいいじゃないですか」

「お前なぁ、そんな簡単なもんじゃ……そもそも小鳩さんはもう婚活してないんだよ」

俺は彼女に幸せな結婚をして欲しい。

だが、亜子は必要に迫られていただけで、もともとは結婚に幸せを求めてはいないだろう。『幸せになれ』といって押し付けるそれは俺の自己満足でしかない。

そして誰かに紹介するなら、せいろ蕎麦野郎の言う通り手を放して委《ゆだ》ねるべきなんだろう。はたして俺にそれができるだろうか。

誰かに『幸せになって欲しい』という感覚は、どれだけ強いものであったとしても、そのまま恋愛感情にはなり得ない。

おそらくは『幸せになって欲しい』というそれに、『自分の手で』とか『自分のそばで』だとかのエゴが加わって完成するのだろう。

ずっと境目にいた俺の感情はエゴまみれになり、ようやく片側にころんと落ちた。

そうして俺は一番手っ取り早く、けれどずっと避けていた方法に行き着いた。

何かに縛られるような生活は好きじゃないし、ずっと、簡単じゃないと思っていたけれど、一度そう決めてしまうと、むしろ呪縛《じゅばく》からほどけたように楽になった。

＊　　＊

母が亡くなったとき、俺は十九歳だった。そのときは両親は離婚して二年経っていた。

普段連絡してもろくに返事のない父はものすごい早さで駆けつけた。

父はボロボロ泣いていた。

俺はそれを見て腹が立った。お前に泣く資格なんてカケラもない。そう思った。

父はまごうことなきクズ男だったし、父本人だってそれを自覚していた。

自覚していたなら、せめてもっと早い段階で離れることが母の幸せのためだっただろう。

縛り付けながら好き勝手するなんて糞《くそ》すぎる。最後まで改心なんて期待もしなかったけれど、なぜもっと早くに離婚してやらなかったのか、それだけが納得いかなかった。

そのことをずっと考えていて、先日ふと思い出した。

離婚届を破り捨てていた母の姿だ。当時はいつもの夫婦喧嘩《げんか》のあとに見たその光景の意味を深く考えようとはしなかった。

もしかしたら、父ではなく、母のほうがなかなか離れようとしなかったのかもしれない。

傷つけ合うような泥沼の関係性の中、母は妄執ともいえる執着で父をなんとか繋ぎとめ、理想の夫婦になろうと方法を模索していた。そして、変わって欲しいと押し付ける母の真っ当な心を、ろくでなしである父は完全に拒絶することはできなかった。

彼は誠実さも責任感もない人間だった。だから、たったひとりの愛する相手ではなかったが、それでも母への愛は厚かましくも存在していた。そこが不幸にも彼等《かれら》を長く夫婦として繋ぎ止めていた原因だったのかもしれない。

父と母は俺から見てまったく理想的な夫婦ではない。一緒にいて幸せにもなれなかったし、価値観が違い過ぎて袂《たもと》を分かつことしかできなかった。

けれど、もしかしたら、それでもずっと、愛し合ってはいたのかもしれない。

夫婦というものは不思議だ。

その数だけ、二人にしかない関係が存在している。愛情の形も、ひとつではない。歪《ゆが》んでいて綺麗《きれい》じゃないもの、愛と呼べるのかさえ怪しいものだってたくさん存在している。

人はこんなにうじゃうじゃいるのに、その中のたったひとりだけを選んで家族を形成する相手。だから結婚相手はどんな人であったとしても、互いに特別な人間となる。

俺は生きてきてずっと、結婚のことを真正面から考えたことがなかった。

人は婚活をすると、結婚のことを現実的、理想的な側面から真面目に考えることになる。

だから亜子の婚活は結果的に俺の婚活にもなってしまった。

俺と小鳩亜子の関係は始まったばかりで、合うのか合わないのか、どんな形になるのかもまだわからない。

俺も亜子も、おそらくは結婚に向いていない。だから誰でもやっていることに見えたとしても、もしかしたら、そう簡単な道ではないかもしれない。

ただ、時間制限があった反動なのか、なんとなく、急ぐことはないと思っている。

だから今はゆっくりと、雲の多い夜の空に星を見つけるように、理想的な形をじっと探している。

あとがき

こんにちは。村田天《むらたてん》です。

少し前に引越をしたのですが、近年の夏の暴力的な暑さと、加えてコロナ禍のため、ろくに新しい街を探索することもできずにいます。

近所のスーパーとコンビニ周りだけをゴリラのようにうろつくばかりの日々です。

したがって前の街との差でいいますと、今のところ『ミミズの死骸《しがい》が異様に多い』ということくらいしかまだわかっていません。

もう少し涼しくなって、またウイルスの猛威も収束したおりにはミミズ以外の何かを見つけられたらと思っています。

本作をお読みいただきありがとうございます。

私は二〇一三年の十二月に思い立って小説を書き、ネットに投稿しました。

さっき書いたものがすぐ読んでもらえる、ときには見知らぬ方からの感想がもらえたりするその面白さに、そこからずっと好きなものを楽しい楽しいといってひたすらたくさん書き散らしてきました。

しかし何年も経《た》つと、書きたかったものも大体書き、これといったものが浮かばなくなってきました。もしかしたら単なるスランプかもしれません。それでも不思議なもので、書きたいものが見つからなくても小説を書きたい気持ちはありました。

頭のはしにチリチリするような飢えがある感覚で、ものすごく書きたいのに、何が書きたいのかわからない。そんな状態でした。

こちらの作品は少し間が空いて、いろんなものを観《み》たり読んだりして、形にできそうなものを探り、いつもとまったく違ったものを書こうとして挫折《ざせつ》したり、そんなこんなのあとで久しぶりに書いた作品となりました。

書き始めたら本当に楽しくて、脳から幸せ汁をダバダバ出しながら、やっぱり自分はお話を書くのが好きだなあと噛《か》み締める作品となりました。読んでくださった方も楽しんでいただけたらすごく幸せです。

今後もどんな形でもずっと物語を書いていけたらいいなあと願ってます。

お読みくださったすべての方と、本作に関わってくださったすべての方に感謝をこめて。

二〇二一年　夏　村田　天

お便りはこちらまで

〒一〇二—八一七七
富士見L文庫編集部　気付
村田天（様）宛
秦なつは（様）宛

本書はカクヨムに掲載された「王子様なんていりません！—訳あって、至急婚活すること になりました。—」に加筆修正した作品です。

富士見Ｌ文庫

王子様《おうじさま》なんていりません！
訳《わけ》あって、至急婚活《しきゅうこんかつ》することになりました。

村田《むらた》 天《てん》

2021年10月15日　初版発行

発行者　青柳昌行
発　行　株式会社 KADOKAWA
〒102-8177　東京都千代田区富士見2-13-3
電話　0570-002-301（ナビダイヤル）

印刷所　株式会社暁印刷
製本所　本間製本株式会社
装丁者　西村弘美

ISBN 978-4-04-074231-1 C0193